勘十郎まかり通る

闇太閤の野望

早見 俊

時代小説

二見時代小説文庫

目次

勘十郎まかり通る——闇太閤《やみたいこう》の野望

第一話　萬事《よろず》始め

一

「なんだ、なんだ、なんだ！」

向坂勘十郎《こうさかかんじゅうろう》は群がる男たちを睨んだ。

空色の小袖、草色の野袴《のばかま》、右手には十文字鑓《じゅうもんじやり》を肩に担いでいる。六尺近い長身、豊かな髪を茶筅《ちゃせん》に結い、浅黒く日焼けしているが鼻筋が通った男前だ。

肩で風を切り、威風堂々、大股で歩く様は戦国の世の武芸者のようでもあった。

色なき風が鬢《びん》を揺らし、十文字鑓の穂先が秋光に輝きを放つ。千切れ雲が目に鮮やかな昼下がり、寛永《かんえい》十二年（一六三五）長月《ながつき》十五日である。

江戸城の五層の天守閣が徳川の威勢を示している。しかし、大坂《おおさか》落城から二十年、江戸の町には未だ戦国の気風が漂い、町のあちらこちらで争い事が絶えない。

男たちは十人余り、揃って目つきが悪く着物はだらしなく着崩している。年長の男が勘十郎に向かい、

「お侍、それ、返してくれよ」

と、勘十郎の背後に止めてある荷車を顎《あご》でしゃくった。荷車には米俵《こめだわら》が山と積んである。

「おまえたちの米ではないぞ」

「おれたちの米だぜ。だってよお、天下《けえ》の往来に捨ててあったんだ。拾った者の物だろう。魚だって、釣った者が持って帰るじゃねえか」

男の言葉に、仲間からそうだそうだの賛同の声が上がる。

「へ理屈を申すな。往来と申しても銀杏屋《いちょうや》という米屋の裏口にあったのだ、奉公人が店の中に入れようとしたのを、おまえたちが持ち去ったのではないか。だからな、おれが返しに行ってやるんだ」

勘十郎は十文字鑓の石突《いしづき》で地べたを二度、突いた。

ここは日本橋《にほんばし》、表通りから入った横丁のどんつき、堀に沿った一帯だ。人の往来はさほどではないが、堀には沢山《たくさん》の荷船が行き交っていた。堀沿いに植えられた柳の並

木が風にさざめいている。

「お節介《せつかい》なお侍だ。ならさ、十俵あるから、二俵、持って行きな」

男は言った。

「いらん」

「人の親切がわからねえようだな。どうしても欲しけりゃ、腕ずくで持ってってみな。その鐺はお飾りじゃねえんだろう」

男は大きく口を開けて笑った。仲間も哄笑《こうしよう》を放つ。

勘十郎は両手で十文字鐺の柄《え》を摑むや、石突を前に出し、男の開いた口の中を突いた。

「ううっ」

男は宙を飛び、地べたに背中から叩きつけられた。仲間が色めきたち懐《ふところ》に呑んでいた匕首《あいくち》を手に勘十郎に殺到する。

「飾りじゃないぞ」

愉快そうに勘十郎は言うと、鐺を右手で頭上高く回転させる。ぶんぶんと唸《うな》りを上げて回る鐺を目にし、敵は大きく後ずさった。

鐺を止めると勘十郎は荷車の側《そば》に立った。

「そんなに欲しけりゃ、せめて抱かせてやるぞ。そら、ひと〜つ」

鐺の穂先を米俵の下に入れ、持ち上げると同時に敵に向かって投げつけた。男が米俵を抱きとめたまま倒れた。

「ふた〜つ」

二つ目の米俵を鐺で投げる。今度は逃げようとした男の背中に当たり、男は米俵の下敷きとなった。

「みっつ、よっつ、いつつ」

軽快に数えながら次々と鐺で米俵を投げつけた。米俵は悉《ことごと》く男たちに命中する。

ついには、算《さん》を乱《みだ》して彼らは逃げていった。

往来に散乱した米俵を勘十郎が見下ろしていると、

「ああ、あった」

中年の商人風の男がやって来た。

短軀《たんく》で痩せぎすの身体を縞柄《しまがら》小袖《こそで》に包み、羽織《はおり》を重ねている。よほど急いで来たようで、狭い額《ひたい》には玉のような汗が滲《にじ》み、息も絶え絶えである。

「おまえ、銀杏屋の主《あるじ》か」

勘十郎の問いかけに、男はうなずき茂三《しげぞう》ですと途切れ途切れに答えた。

そこへ、

「こっちですよ、こっち」

若い男が町奉行所の同心と思《おぼ》しき侍を連れてやって来た。

果たして侍は北町奉行所の同心で、

「米を盗んだのは貴殿だな」

と、勘十郎に疑いの目を向けてきた。

同心らしいがっしりとした身体つき、浅黒く日に焼けたいかつい面構《つらがま》えとあって、荒れくれ者には睨みが利きそうだ。

「違うぞ。おれはな、盗まれた米を……」

ここまで言ったところで、

「番屋に来て頂こう」

十手《じって》を突き出した。

「おれはな、取り戻してやったんだぞ」

「番屋で伺《うかが》います。やましいことがなければ、来られましょう」

有無《うむ》を言わさず同心は勘十郎に同行を求めた。

「わかったよ。でもな、後悔するぞ」

勘十郎は十文字鑓を肩に担いだ。

「ち、違いますよ。このお侍じゃありませんぜ。米を盗んだのは」

若い男は勘十郎を庇《かば》ったが同心は聞き入れはしなかった。

番小屋に入ると小上がりの長押《なげし》に鑓を置き、畳にどっかとあぐらをかいた。同心は向かいに正座し、

「北町の蔵間錦之助《くらまきんのすけ》と申します。貴殿は……」

「おれは、向坂勘十郎元常《もとつね》、直参旗本向坂播磨守元定《はりまのかみもとさだ》の嫡男《ちゃくなん》……いや、嫡男だった。今朝まではな」

勘十郎は腕を捲《ま》くり上げた。

錦之助の目が点になり、ぽかんと口を半開きにしてから、

「これはご無礼致しました。大目付《おおめつけ》向坂播磨守さまのご嫡男でいらっしゃいましたか」

錦之助は平伏した。

「おいおい、やめてくれ。今朝までは……と申しただろう。勘当《かんどう》されたんだよ」

何がおかしいのか、勘十郎は声を上げて笑った。錦之助は首を傾げ見返していたが、

「勘当されなさったので、銀杏屋の米を盗んだのですか」

疑いを解こうとしない錦之助に笑顔を引っ込め、

「だから、おれじゃないって……何度言ったらわかるのだ」

「ですが……」

錦之助が反論しようとしたところで、腰高障子が開いた。先ほどの若い男が入って来た。

「なんだ、おまえ、勝手に入って来るな」

錦之助はいかつい顔を際立たせた。

「すぐ、帰りますよ。旦那、こちらのお侍が米を盗んだんじゃありませんぜ。米を盗んだのはね、浅草観音《あさくさかんのん》の裏手に巣食っている無頼者《ぶらいもの》でさあ。紋吉《もんきち》ってのが、頭《かしら》ですよ。米や炭、時には女までかっさらうっていう野盗まがいの奴らです」

「そうか、紋吉たちだったのか。しかし、奴らいつも十人くらいで徒党《ととう》を組んでいるぞ」

現場には勘十郎が仁王立ちしているだけだったのを錦之助がいぶかしむと、

「おれが蹴散らしたんだ」

事もなげに勘十郎は言った。

「お一人ですか」

錦之助は目を見開いた。

「ああ、そうだ」

すっくと勘十郎は立ち上がり、長押の鑓を持ち、

「この鑓でな」

と、土間に飛び降り二度、三度、しごいた。

「見事な鑓ですね」

男が目を瞠《みは》る。

「爺さんの形見だ」

勘十郎が答えると錦之助も土間に下りて言った。

「聞いたことがあります。ご祖父、向坂清吾郎元義《せいごろうもとよし》さまは、鑓の名手。鑓の清吾の勇名を馳せられたとか。大坂の陣《じん》の折には、真田幸村《さなだゆきむら》の奇襲を受け、混乱した神君家康《いえやす》公の陣にあって孤軍奮闘、家康公が無事落ち延びられる血路《けつろ》を切り開かれたとか」

「その功で家康公よりこの鑓を下賜《かし》されたのだ。爺さんはおれにくれた。鑓、刀より筆を遣うのに長《た》けた親父殿には勿体《もったい》ないからな」

勘十郎は石突で土間を突いた。

「向坂さま、大変失礼致しました。ただちに、紋吉一味を捕まえます」

錦之助は深々《ふかぶか》と腰を折った。

「奉行所で手に余るようだったら、手助けしてやるぞ」

勘十郎は自身番を後にした。

と、

「向坂さま」

背後からさっきの男が追いついた。

「あっしゃ、会津《あいづ》の三次《さんじ》っていうケチな野郎でさあ」

三次は名乗った。

改めて見返すと、すらりとした細面《ほそおもて》の男前である。鼻筋が通り、切れ長の目、薄い唇は紅《べに》でも差しているのかと思えるほどに真っ赤だ。

菊の花をあしらった白地の派手な小袖がよく似合っていた。

「会津と申しても言葉に訛《なま》りが感じられんな」

「生まれが会津なんでさあ。五つの時、旅芸人一座に買われましてね、江戸にやって来てはや、二十年ですよ。故郷のことは二親《ふたおや》も含めて忘れちまいましたよ」

「旅芸人と申すと、役者か」

「軽業《かるわざ》でさあ。これで、身のこなしはいいんですぜ」

「何処《どこ》で披露しておる。見物に行ってもいいぞ」

「それが、あっしも向坂さまと同じで、親方をしくじりましてね。昨日、一座を追い出されたんですよ」

「どんなしくじりをした……あ、いや、答えんでいい。おれだって勘当のわけは話しておらん」

「あっしゃ、構わねえですよ。親方のね、これに、手を出しちまって」

三次は小指を立てた。勘十郎は笑った。

「向こうから迫《せま》ってきたんですよ。据《す》え膳《ぜん》食わねえのは男の恥、断ると女に恥をかかしちまいますからね」

三次は頭を掻いた。

そこへ、銀杏屋の主人、茂三がやって来た。

「このたびはありがとうございます。助かりました。お礼をさせて頂きたいのですが、この後、ご予定は……」

茂三は揉み手をした。

「ご予定はないな」

勘十郎が答えると、

「では、ご足労をおかけしますが、うちへいらしてください」

「そうするか」

勘十郎が応じたところで、

「あっしもお供しますぜ」

三次が言った。

二

日本橋の表通りから入った横丁に銀杏屋は店を構えていた。間口《まぐち》十間《けん》、真新しい屋根瓦が葺《ふ》かれ大店《おおだな》である。勘十郎と三次は離れ座敷に通された。庭には屋号になっている大銀杏が植えてある。色づくのが待ち遠しいと勘十郎は呑気《のんき》なことを考えた。

道々、勘十郎は素性を語った。茂三は大目付さまの若殿と知り、恐縮した。

「若さま、こんなもんでよろしかったらお召し上がりください」

茂三から勘十郎の素性を聞いたのだろう。女房のお里《さと》が気を利かし、ちゃんとした膳が整うまでの繋《つな》ぎだと握り飯を持って来た。萌黄色《もえぎいろ》の地に紅葉を描いた小袖は大《おお》年増《どしま》には派手だが、本人はこれでも地味《じみ》だと不満を言い立てているとは茂三の言葉である。五尺二寸と女にしては大柄、顔も大きく濃いめの化粧が秋というのに暑苦しい。

大ぶりの握り飯が二つに、近頃江戸で食べられている沢庵漬《たくあんづけ》が添えてある。握り飯の白さと沢庵の黄色が好対照で食欲をそそった。

「おお、美味《うま》そうだな」

勘十郎は握り飯に右手を伸ばす。左手は沢庵漬を取り、握り飯と交互に食べ始めた。沢庵漬を噛むぽりぽりという音が座敷内に響き渡る。

三次の腹がぐうと鳴ったのを耳にし、

「おお、これは気がつかなかったな。食え」

皿を三次に差し出した。

「なら、遠慮なく」

三次も美味そうに握り飯を頬張った。

まこと、長閑《のどか》な秋の昼下がりである。

お里の横で主人の茂三が愛想笑いを浮かべている。大柄なお里に対して、茂三は五尺に満たない短躯《たんく》、しかも痩せ細った貧弱な身体つきとあって、好対照の夫婦であった。

「若さま、いつまでも気兼ねなくいらしてくださいね。何の遠慮もありませんからね、へへへ」

手をこすり合わせる茂三に、

「それはありがたいな。勘当されて行く所がなくて、どうしようと思案しておったところだ。落ち着ける所ができてよかった。この離れ座敷、申し分ないぞ」

何の躊躇《ためら》いもなく勘十郎は返した。

「あっしもですよ。いい、居候《いそうろう》先が見つかってよかったですぜ。捨てる神ありゃ、拾う神ありってのは本当ですね」

調子よく、三次も居候を決め込んだ。

握り飯を食べ終え、手をこすり合わせながら勘十郎は言った。

「若さまというのはやめてくれ。何度も申すが、おれは勘当された身だからな」

「では、何とお呼びすれば」

茂三が問い返す。

「向坂さまじゃいけませんか」

口の中で握り飯を咀嚼《そしゃく》しながら三次が言った。

「向坂さまは堅苦しいな。それに、向坂の家とは縁が切れた。勘さんでいいよ」

気さくに返すと、

「勘さんじゃ軽過ぎますぜ。せめて勘さまと呼ばせてくださいよ」

という三次の頼みを、好きにしろと勘十郎は了承した。

ここで、

「あんた、ちょいと」

お里は愛想笑いを勘十郎に向けたまま、茂三の肩を叩いた。茂三は、

「なんだよ」

「用があるんだって、言ってるの」

お里が繰り返す。

「おれに遠慮するな」

勘十郎に言われ、

「では、失礼しまして……」

苦笑いを浮かべ茂三はお里について座敷を出た。勘十郎はそっと立ち上がり、障子の側《そば》に立った。障子越しにお里と茂三のやり取りが聞こえる。

三次はにやにや笑いながら見ている。

「おまいさん、勘さまを居候させるのはいいけどさ、いつまでよ」

小声だがきつい口調でお里は問いかける。

「いつまでって、そりゃ、勘さまのお気持ち次第だよ」

「勘さま任せってことなの」

「そうだよ。いつまでも居てくださいって、あたしも言ってしまったしね」

「あのね、食事だって、お酒だって、馬鹿にならないんだよ」

「それくらい、やり繰りしろよ」

「何、言ってるの。いくらかさ、入れて頂いたらどうなの」

「そんなことできないよ。だから、居候って言うんだろう」

「そりゃ、そうだけどさ……。こうなったら、米を値上げするかい」

「値上げなんかできないよ。お得意が逃げてしまう」

「とにかく、いくらかでも入れてもらいなよ」

そう言い置くと、お里は足早に立ち去った。

「ったくもう、あいつときたら、嫌なことは全部あたし任せなんだからな」

茂三が嘆《なげ》いたところで、勘十郎は障子から離れ、何食わぬ顔であぐらをかいた。茂三が笑みを浮かべ、前に座る。

「用事済んだのか」

勘十郎が問いかけると、

「ええ、まあ、すみました。ところで、昨今、諸々《もろもろ》の物価が上がっておりましてね」

奥歯に物が挟まったような茂三の言葉に、

「そのようだな」

すげなく勘十郎は答える。

茂三は小さくため息を吐《つ》いた。

「それより、おれもな、ロハで世話になるというのも、心苦しいゆえ……」

と、勘十郎が切り出した途端《とたん》、茂三は満面に笑みを浮かべ、

「そうですか、御屋敷にお戻りになられますか。それがよろしゅうございますよ、いやあ、名残《なご》り惜しいですが。御屋敷に戻られるのが一番。お引き留めできません。大目付のお父上さまも喜ばれましょう」

「おいおい、誰が屋敷に戻るか。第一、来たばっかりだろう。何が名残り惜しいだ。馬鹿め」

勘十郎が一喝《いっかつ》すると、

「ええっ、違うので……」

茂三はきょとんとした。

「いつまでも、ここで厄介《やっかい》になるためにだな、おれも金を稼ぐことにした。月々、金を入れればお里も文句はあるまい」

「若さまが、お稼ぎになるので」

「だから、若さまはやめてくれ。尻がこそばゆくていかん」

「そうでした、勘さま」

「それより、何をやって金を稼ぐかだが……萬《よろず》相談を受けるというのはどうだろう」

「萬相談とおっしゃいますと」

「それこそ、夫婦喧嘩の仲裁、喧嘩の助太刀《すけだち》、盗人、野盗の成敗《せいばい》等々だな」

「はあ……」

首を傾げる茂三を横目に、三次が手を叩き、

「そりゃ、儲かりますよ。確かに今のお江戸は盗人、野盗、辻斬りが跋扈《ばっこ》して、夜道なんぞ、とても歩けたもんじゃありませんからね。だから、紋吉なんて質《たち》の悪い奴らが昼の日中《ひなか》に米をかっさらうんで。いやあ、そりゃ、よろしいんじゃありませんか。勘さまはとってもお強いから、尚更《なおさら》ですよ」

「そうでございますな。いや、気がつきませんで」

盛んに茂三も感心した。

これで、お里に勘十郎居候の言い訳ができると思っているようだ。

「ということで、ここを相談所にするぞ」

「承知致しました」

「では、早速《さっそく》、看板を掲げるか」

「お気が早いですな」

「思い立ったが吉日《きちじつ》だ」

膝を打ったところで、

「萬相談所ですか、世のため人のためになりそうですよ。及ばずながら、あっしもお役に立ちますよ」

三次は着物の袖を捲った。

「うむ、おまえ、役に立ちそうだ。これは、繁盛するぞ」

「繁盛間違いなしでさあ。あっしゃね、大きめの財布を買っときますよ」

捕らぬ狸の皮算用《かわざんよう》をして盛り上がる二人に、茂三は心配になったようだ。

「本当におやりになるんですか」

「やらいでか」

「そうですよ。世のため人のためのお役に立つんですよ」

三次も意気軒高《いきけんこう》だ。

「では、あたしはこれで」

茂三は関わりを避けるようにして渡り廊下を店に向かって歩いて行った。

「さて、早速、手間賃を決めませんとね」

三次は手をこすり合わせた。

「手間賃か、そうだな」

勘十郎は顎を掻いた。

座敷の隅に文机《ふづくえ》があり、硯箱《すずりばこ》と美濃紙《みのがみ》が乗せてある。三次は筆を取り、

「ええっと、相談内容を決めないといけませんね」

「だから、萬相談だ。盗人、野盗退治に喧嘩の仲裁、あとは適当に何でもだ」

まこと大雑把《おおざっぱ》な勘十郎に対して、

「野盗退治からいきますか」

几帳面《きちょうめん》にも三次は野盗一人につきいくらの手間賃かを勘十郎に問いかけた。

「さて、いくらにするか。一両というところか」

「いえ、野盗にも色々ですよ。頭目《とうもく》なのか下っ端《したっぱ》なのかで、手間賃は変わりますよね」

事細かに決めようとする三次がめんどうになった勘十郎は、

「三公に任せる」

と、腕枕で横になった。

「わかりました」

三次は嫌がるどころか喜々として筆を走らせ始めた。

「おまえ、変わってるな」

「勘さまこそ」

鼻歌交じりに三次は答えた。

「おまえの方が変わっているさ」

「あっしはきっちりしねえと、気がすまねえ性分なんですよ。それだけです」

三次は手間賃作成に没頭した。

いつの間にか寝入った勘十郎が目を覚ますと、夕陽が差し込んでいた。茜《あかね》に染まった顔で、

「こんなもんでどうです」

三次は帳面を差し出した。

事細かに手間賃が記され、端《はし》が糊《のり》付けされて冊子のようになっていた。三次の努力

の跡が窺《うかが》われた。

が、勘十郎はぱらぱらと捲《く》っただけで、

「よかろう」

と、言って返した。

「そんじゃ、同じもの、あと、五つこさえますよ」

「そんなにか」

おやっという顔で勘十郎が問うと、

「客は一人ずつとは限りませんからね。相談を受けている間、見てもらうんですよ」

離れ座敷は八畳と六畳があるが、相談内容を聞かれたくないだろうから、渡り廊下で待ってもらいましょうと三次は言った。

「さて……と、まずは客がいないとな。三公、客を見つけてこい。誰でもいい、困っている奴を引っ張って来るんだ」

大雑把過ぎる勘十郎の要望であるが、三次は嫌がらず出て行こうとした。

そこへ、茂三から仕出しと酒が届けられたため、

「明日でいいな」

勘十郎は言い、三次も酒には目がないらしく、

「そうしますか。なら、前祝いってこって」

と、応じた。

「よし、やるぞ」

勘十郎は茜空に向かって拳《こぶし》を上げた。

三

三日経った朝だ。

茂三に言ったように、三次も銀杏屋に居付いてしまった。離れ座敷に勘十郎と同居では畏《おそ》れ多いと、物置に寝泊まりをすると勝手に決め込んでしまったのだ。

勘十郎一人でも厄介なのに、何処《どこ》の馬の骨とも知れない三次まで居候することになり、お里の不満は募る一方だ。

三次は離れ座敷に顔を出し、

「勘さま、昨日駈けずり回って耳にしたんですがね、とんでもねえ野盗どもがいるそうですよ」

興奮気味に語るところによると、品川《しながわ》から芝《しば》にかけて荒らしまわっている連中がいるそうだ。

「旅人を襲って、身ぐるみはがしたり、女だったら、慰みものにして、女郎屋に売り飛ばしているそうですぜ」

「それは許せぬな。そんな奴らは改心させるどころか成敗してやらねばなるまい。しかし、野盗の類《たぐい》なら珍しくはあるまい。とんでもないとはどういうことだ」

勘十郎はぼりぼりと脛《すね》を掻いた。

「それがですよ、野盗の頭領ってのがですね、豊臣秀頼《とよとみひでより》の遺児だそうなんで」

「豊臣秀頼だと。大坂落城から二十年だぞ。ま、遺児がいるとか、秀頼自身が落ち延びたとか、当時から噂されたそうだがな。それにしても、いかがわしいな」

「話半分にしてもですよ、その野盗を成敗すりゃあ、勘さまの名は大いに上がります。有名になりゃ、向坂勘十郎萬相談所も大繁盛ってわけです」

「話半分という言葉は適当ではないが、退治し甲斐はありそうだな。それと、向坂勘十郎萬相談所ではいま一つ、印象が弱いな。もっと、心に響く名をつけないと……」

「そうですね……なら、いっそ、向坂勘十郎人助け所《どころ》ってのはどうです」

三次は美濃紙に、「向坂勘十郎人助け所」と書いた。

「字並びがよくないですね。それに向坂家を前面に出さない方がいいか。勘さまは、相談事、頼られ事を解決したり、指導してやるんですものね」

三次は思案した。

「適当でいいぞ」

勘十郎が言うのも構わず、三次は真剣に考えた末、

「よし、勘十郎萬相談所でどうです」

「う〜む、そうだな、ま、いいか」

得意の大雑把さで勘十郎は決めた。


昼下がり、三次の案内で勘十郎は十文字鑓を担ぎ、品川の御殿山《ごてんやま》近くの廃屋敷にやって来た。草ぼうぼうの庭、いや、庭だった草むらの中に朽ち果てた建物がある。

「狐《きつね》や狸《たぬき》が住んでいそうな屋敷だな。とても太閤秀吉《たいこうひでよし》の孫の住まいではないぞ」

勘十郎は肩に担いだ十文字鑓をしごいた。

「太閤の孫でも今じゃ野盗の頭《かしら》ですからね、悪党連中ならふさわしい屋敷ですぜ」

三次もうなずいた。

「それで、野盗一味、間違いなくここにいるんだろうな」

「ええ、そのはずですよ」

三次は朽ちた建物に向かって歩み寄った。勘十郎も続く。雨戸が外された母屋《おもや》らしき建物に土足で上がる。

中はしんとしている。

時折、鼠《ねずみ》や油虫が走ってゆく。黴《かび》臭い匂いと埃《ほこり》じみた空気が漂い、いかにも廃屋敷だ。

「何処に野盗なんぞがおるのだ」

勘十郎が問いかけると、

「おかしいですね」

三次も首を捻った。

「おまえ、一体、誰に聞いたのだ」

「誰って、これなんですけどね」

三次は一枚の読売《よみうり》を差し出した。

ちなみに、日本で最初の読売は大坂夏の陣を伝える記事であったそうだ。

読売には、品川に根を張り、旅人を中心に略奪行為を働く豊臣秀頼の遺児が頭目の野盗について記してあった。野盗たちは御殿山近くの廃屋敷を隠れ家にしていると読売は推測している。

「読売……こんなものを当てにする奴があるか。いい加減だな、おまえって男は」

自分の大雑把さを棚に上げ、勘十郎は読売をくしゃくしゃに丸め、ぽいと捨てた。丸められた読売が寂しげに転がる。

「すんません。何かお役に立てねえかと思って」

三次は頭を掻いた。

「ま、いい。これからも野盗行為を続けるだろう。居所の見当もつくさ」

勘十郎は廃屋敷を後にした。


品川宿で飯を食べた。

東海道《とうかいどう》一番目の宿場町、江戸から出て行く者、入って来る者、大勢の旅人で賑わっている。町人、武士、僧侶、身分の上下を問わず、街道添いの食べ物屋は人で溢れていた。

勘十郎と三次は掛《か》け茶屋《ぢゃや》に入った。そこは、茶や団子ばかりか、簡単な飯も食べさせた。店の主人に酒を頼み、二人は縁台にあぐらをかく。三次がなんやかんやと無駄話をし始めたが、

「ちょっと、黙ってろ」

ぴしゃりと声をかけ、話をやめさせた。三次はきょとんとした。旅人たちのやり取りが耳に入ってくる。

「雲助《くもすけ》たちには用心しないとな」

「特に品川界隈《かいわい》は危ないらしいよ」

「身ぐるみはがされるってさ」

「うっかり、娘なんか乗ったらひどい目に遭うそうだよ」

興奮気味に語り合う旅人を見ながら勘十郎は三次に向かって顎をしゃくった。三次はうなずき、にこやかな顔で旅人に近づいた。

「そんなに質《たち》の悪い雲助連中がいるのかい」

旅人たちは一旦は身構えたが、三次の笑顔に安堵したのか、誰からともなく語り出した。

その話によると、問題の雲助たちは夕暮れ時に出没するそうだ。そのやり口というのが狡猾《こうかつ》であった。先棒《さきぼう》と後棒《あと》を担ぐのは至って真面目《まじめ》、しかも、ちゃんとした町駕《まちか》籠《ご》の駕籠かきなのだ。

「それが何時《いつ》の間《ま》にか、駕籠かきが乗った時と違ってましてね、人気《ひとけ》のない所へと連れて行かれて、身ぐるみを剝がされるという寸法なんですよ」

一番年配の旅人が説明してくれた。

「そりゃ、ひでえ野郎だな」

三次は顔をしかめた。

旅人から離れ、

「勘さま、とっちめてやりましょう」

三次は言った。

「決まっておろう」

十文字鑓を担ぎ、勘十郎は縁台から立ち上がった。

街道に沿って連なる町駕籠に寄り、三次は駕籠を頼んだ。

「芝までやってくれ」

「へい、お任せくだせえ。あっと言うまですぜ」

駕籠かきの威勢のいい声と共に垂《た》れが下ろされた。

「えい、ほう」

張りのある声で駕籠が進む。三次は酒が回り、心地よい揺れの中でうつらうつらとしてしまった。やがて、駕籠が止まった。着いたのかと声をかけようとしたところで、ふわっと持ち上がり、走り出した。

雲助登場のようだ。

今、悪党雲助と入れ替わったなと思いながら駕籠に揺られていると、しばらくして止まった。程なくして、どすんと駕籠が落とされた。尻に激痛が走り、三次は顔をしかめた。

「ああっ！」

という悲鳴が外から聞こえた。

次いで、切迫した悲鳴と、どたっという音が聞こえた。なんだか、おかしな様子である。

「馬鹿野郎」

三次は垂れを捲くり上げた。

悪そうな雲助どもが立っているだろうと思いきや、二人の駕籠かきがばったりと倒れている。町駕籠で雇った駕籠かきたちではない。駕籠から出て二人の側《そば》に立った。

見るからに雲助という二人だ。二人とも大柄で顔中、髭《ひげ》で埋まっている。

その二人は肩先から斬り下げられていた。街道から外《はず》れた細道だ。道の両側には雑木林が鬱蒼《うっそう》と茂っていた。木々が夕風に葉擦れを起こし、烏《からす》が鳴いている。殺風景な道端に骸《むくろ》を晒《さら》す二人は勘十郎に成敗されたのだろう。

「さすがは勘さま、早業《はやわざ》だ。きっと、抜く手も見せずって太刀筋だったんだろうぜ」

三次が感心したところへ、

「三次、やるではないか」

と、足音が近づき、土埃《つちぼこり》を巻き上げながら勘十郎が駆け寄って来た。勘十郎は雲助成敗が三次の仕業と思っているようだ。

「ええ、いや、その」

三次は口をもごもごとさせた。

勘十郎は十文字鑓を三次に持たせて亡骸《なきがら》を検《あらた》めた。

「あれ……袈裟懸《けさが》けに斬り下ろされているじゃないか。こいつら、本当におまえがやったのか」

「違いますよ。あっしゃ、刀は持っちゃあいませんし、やっとうの心得もありませんよ。てっきり勘さまが退治されたんだって思ったんですぜ」

「おれは斬っちゃあいないぞ。おれなら、まずは更生しろと小言《こごと》を並べる」

「そうすると、これは誰の仕業《しわざ》なんですかね」

三次は周囲を見回した。

暮れなずむ小路に人気《ひとけ》はない。雑木林の中に姿を消したようだ。

「下手人《げしゅにん》、逃げ足の速い奴ですね」

三次の言葉を受け、

「おまえ、運が良かったな。雲助どもの次に命を狙われていたのかもしれんぞ」

「ひええ、そりゃ、その通りだ」

今更ながら恐怖心が込み上がってきたようで、三次は右手で自分の首をさすった。

「雲助の財布を確かめろ」

勘十郎は三次から十文字鑓を受け取った。

「へい」

三次は二人の亡骸を検めた。

「残っていませんね。どうやら、物盗り目当てのようですね。それにしても、すげえ、腕ですぜ」

三次は怖気《おぞけ》を震った。

「鮮やかな手並みだ」

勘十郎も感心した。

「辻斬りってこってすね」

「雲助の上前《うわまえ》をはねる辻斬りということだ」

「辻斬りですかい。こりゃ、辻斬り成敗もやらないといけませんよ」

三次は気負った。

四

明くる朝、勘十郎と三次はお里が用意した朝餉《あさげ》を食していた。お櫃《ひつ》が空《から》になり、

「おい、お代わりをもらってこい」

勘十郎は三次に言いつけた。

「合点《がってん》でえ」

三次がお櫃を持って立ち上がった。

が、折よくお里がやって来た。

「女将さん、気が利きますね」

三次はお櫃を差し出し、お代わりを頼む。顔をしかめたお里が、

「勘さま、お腹、大丈夫ですか、無理して召し上がらなくてもよろしいですよ」

いかにも親切ごかしに声をかけた。

「大丈夫だ。腹が減っては人の相談なんぞに乗れぬからな」

早くお代わりを持ってこいと勘十郎は言い添えた。お櫃を持ち、お里は渋々戻っていった。

「それにしても、勘さま、困った人からの相談っていうのは中々ねえもんですね」

「まったくだな」

勘十郎もうなずいた。

そこへ、お里がお櫃を持って戻って来た。

「お里、困っている者を知らんか」

勘十郎が問いかけると、お里は急に言われてもありませんよと言いながら出ていった。

「女将さん、無愛想ですね。旦那と揉め事でもあったんですかね」

三次は首を捻った。

「ま、そういう日もあるだろう」

勘十郎は丼で飯を三杯食べ、朝餉を終えた。

「さて、困っている連中を探しにゆくか」

勘十郎は腰を上げようとした。

そこへ、

「ごめんくださいまし」

女の声がした。

裏木戸に娘が立っている。薄紅色に花鳥風月が描かれた可憐な小袖、濃い紅の帯がよく似合っている。髪形は武家の妻女風だった。

「へ、へい、何でしょう」

三次は庭に降り立った。

娘は腰を屈《かが》め、

「看板を見て、覗《のぞ》きました。こちら、困ったことの相談に乗ってくださるのですね。相談というよりは、お助け頂きたいことがあるのですが、よろしいでしょうか」

娘はおずおずと尋ねてきた。

「向坂勘十郎さまとおっしゃる、目下《もっか》売り出し中の豪傑《ごうけつ》がどんな難問だろうが、お引き受けしますよ」

胸を張り三次は返した。

「では、お話を聞いてくださいますか」

「さあ、どうぞ、お上がりください」

三次に導かれ、娘は階《きざはし》を上がった。


離れ座敷で勘十郎と向かい合い、娘は挨拶をした。

「わたくしは、直参旗本倉田主水介《くらたもんどのすけ》の妹で貴江《きえ》と申します」

貴江は両手を膝に揃え、頭を下げた。

倉田家は三千石の旗本であるそうだ。

「くれぐれも内密にお願い致します」

慎重な姿勢で貴江は確認してきた。

「もちろんですよ。あっしら、口が堅いことで有名ですからね」

三次が手間賃帳を差し出した。貴江はそれを目で追い、

「あの……いずれの相談に当たるのか、よくわからないのですが」

困った顔をした。

三次が、

「ええっと、まず、大括《ぐく》りでいいのでおっしゃってください。野盗退治ってことはねえですね。するってえと盗人退治、いや、何か揉め事の仲裁ですと」

帳面を開き、仲裁の項目を示したが貴江は困惑するばかりだ。

勘十郎が、

「三次、手間賃などは後回しでよい。まずは、貴江殿の相談事を聞こう」

三次も逆らわず、貴江はほっとして語り始めた。

「兄についてなんです。兄、主水介は昨年、父の死去に伴い家督を継ぎました。歳はわたくしより、八つ上の二十六歳、幼い頃より、学業、武芸に優れ、目下《もっか》、書院番《しょいんばん》の役にあります」

「優秀なお兄上さまでいらっしゃいますね」

三次は感嘆の声を上げ、何度もうなずいた。何にでも感心する奴だと勘十郎は薄く笑う。

貴江は静かにうなずき返してから、

「わたくしにも大変に誇らしい兄でございました。それが、この一月《ひとつき》ほどのことでございます。夜になると、屋敷を出てゆくようになったのです。何処へ行っているのか、気になって問いかけました」

貴江の問いかけに対して、主水介は散歩したなどと曖昧《あいまい》な答えしか返さなかった。

「兄は一体、何をしようとしているのか、わたくしは怖くなりました」

そんな最中である。

屋敷の界隈で辻斬りが多発するようになった。

「兄はこのところ、気鬱《きうつ》な顔をしております。書院番のお勤めを休み続けておるのです」

貴江は全身をがたがたと震わせた。

三次が、

「貴江さま、ひょっとして、お兄上さまが辻斬りをしているのではないかと、ご心配をなさっておられるんじゃありませんか」

「いけないと思いつつ、わたくし、兄の目を盗んで刀を調べたのです」

貴江は首をすくませた。

「血糊《ちのり》が付いていたんじゃござんせんか」

先回りして三次が言うと、

「は、はい」

貴江は面《おもて》を伏せた。

無神経にも三次が、

「こりゃ、辻斬りで決まりですよ」

などと決め付けたものだから、貴江はすすり泣き始めた。三次の奴、几帳面なくせに無神経なところがあると、勘十郎は舌打ちし、三次の頭を小突いた。三次も自分の無神経さに気づき、ぺこりと頭を下げる。

貴江が落ち着くのを待ち、三次に代わって勘十郎が確かめた。

「兄上を調べればよろしいな」

「お願い致します」

「調べた結果、兄上が辻斬りを行っているとわかったら、どうなさる」

勘十郎の問いかけに、

「兄には、わたくしの口から罪を償うよう申します」

「倉田の家はどうする気だ」

「わたくしには許嫁《いいなずけ》がおります。直参旗本で兄の上役、書院番組頭大島三太夫《おおしまさんだゆう》さまのご三男、京三郎《きようざぶろう》さまです」

貴江とは縁談が調《ととの》っているそうだ。

「しかし、貴江殿が大島家に嫁ぐのではござらんのか」

「それについては、大島さまと話し合うつもりでござります」

「京三郎殿は婿養子入りを考えておられるのだな。万が一の時は京三郎殿が倉田家を継げばよいということか」

貴江はうなずいた。

「話はわかった。引き受けよう」

勘十郎は三次をちらっと見た。

「お話の内容ですと、今回の場合は、おいくらでしょうか」

貴江は首を傾げた。

「金は後でよい。貴江殿の心配を片付けるのが先だ」

勘十郎は鷹揚《おうよう》に言った。

ては取り合えずと、貴江は財布から小判で一両を取り出した。

「金は後でよい、と申したぞ」

受け取ろうとしない勘十郎に代わって、

「ありがとうございます」

しゃあしゃあと三次が受け取った。

「では、今晩にでも、兄上の行状を調べる」

不満そうに三次を横目で見ながら勘十郎は請け負った。

貴江が、

「あの、兄の辻斬り現場を見つけたなら……」

「斬って捨てはせぬ。その現場を押さえて、屋敷に連れてゆき、貴江殿に預ける、それでよいな」

勘十郎は小さく笑った。

貴江は小首を傾げていたが、

「重ねてよろしくお願い申し上げます」

と、両手をついた。

貴江が帰ってから、

「こりゃ、大変な相談ですね。辻斬りと野盗が横行してるお江戸は物騒《ぶっそう》です。稼ぎ場ってこってすよ」

「おれの出番がもっと増えてもよいのだ」

勘十郎は顎をかいた。

「貴江さま、奉行所には訴えられないんですね。あっ、ということはですよ、お武家に相談のネタがたくさん眠っているんじゃないですかね」

三次は手を打った。

「そうかもな。ま、ともかく、今夜だ」

勘十郎は楽しみだと手をこすり合わせた。

すると、お里がやって来た。

三次が、

「女将さん、相談の依頼がきましたよ。これで、家賃も納められるってもんですよ」

と、言うと、お里は笑みをこぼし、

「それはようございましたね。あたしもね、勘さまは、頼り甲斐のあるお方だと思ってましたよ。それで、どんなご相談なんですか」

「相談って言いますかね、辻斬りを成敗ですよ」

三次が答えると、

「名前が挙がって評判を呼びますよ。江戸は物騒で夜歩きなんかできませんからね」

「女将さんも何でもいいですからね、相談の依頼人を探してくださいよ。そうだ、お出入りの武家屋敷を紹介してくださいませんかね」

「お武家さまの……」

戸惑い気味にお里が聞き返すと、

「武家屋敷にはですよ、表沙汰にできねえ、いろんなお悩みがあるんですよ」

だ。

「そういうもんかもしれませんね」

と、お里はちらっと勘十郎を見た。勘当された勘十郎がその典型だと言いたいよう
三次は言った。

勘十郎はけろっとした顔で、

「武家屋敷というのはな、とかく堅苦しいものだ。おれのような男には向かんな」

「そうですよ。勘さまは一つ所に留まるようなお方じゃござんせん。戦国の世なら、
戦場を疾駆《しっく》するお方ですからね」

三次が誉《ほ》めそやす。

「ま、ともかく、これからがおれの出番だ。今に、ここは人が途切れることがなくな
るぞ。離れを増築することになろうな」

勘十郎は景気のいい話をした。

「それはそれは楽しみですね」

お里は淡々とした口調で言い置くと、離れ座敷から去っていった。

「勘さま、銀杏屋出入りの武家屋敷に行ってきますよ」

「言っておくが、おれの屋敷には行くなよ」

勘十郎はからからと高笑いをした。

「そんな、どじゃござんせんぜ」

三次は足早に出て行った。

文机の上には硯箱と美濃紙がきちんと置いてある。三次の几帳面さを物語っていた。

「さて、おれはどうするか」

思案してから勘十郎はごろりと横になった。それから腕枕をし、次の瞬間には高いびきをかき、寝入ってしまった。

五

夜の帳《とばり》が下り、勘十郎と三次は番町《ばんちょう》にある倉田家の屋敷にやって来た。夜風はめっきり肌寒くなり、犬の遠吠えがやたらと耳につく。分厚い雲が空を覆い、月を隠していた。

裏門の前の天水桶《てんすいおけ》に潜《ひそ》み、倉田主水介が出て来るのを待ち構えた。

「うるさいですね」

顔をしかめ三次が手で耳を塞いだように、野良犬の吠えようは異常である。それが、治安の乱れた江戸を物語っているようでもあった。

「この先の野原、野良犬がたむろしてますよ。まったく、お上《かみ》は何をやってるんだか」

三次は嘆いた。

「お上の悪口は後で聞くよ」

勘十郎は大刀の柄《つか》に右手を置いた。今夜は十文字鑓は持っていない。尾行するには邪魔なだけだし、大勢を相手の立ち回りもないとの判断からだ。待つこと、四半時《しはんとき》ほどしてから裏門脇の潜り戸から人が出て来た。

倉田主水介だろう。

倉田はまっすぐ正面を見据えて歩いてゆく。三次が声を出しそうになったため、勘十郎は睨みつけた。三次は慌てて口を手で押さえる。

幸い、三次の声は野良犬の吠え声に消された。倉田の後を追い、勘十郎と三次も動き出す。闇夜だが夜目に慣れ、倉田の背中が濃い影となって浮かび上がっている。

倉田には特別に気負った様子もなく、乱れのない歩調で歩いていく。勘十郎と三次は間合いを取りながら息を殺して後を追った。

塀を連ねた武家屋敷が途切れ、倉田は野原に至った。

夜風が吹きすさぶ。

草木が揺れ、野良犬の唸り声が聞こえた。人気《ひとけ》はない。倉田は灌木《かんぼく》の側《そば》にたたずんだ。獲物を物色《ぶっしょく》しているようだ。

勘十郎と三次は別の灌木の陰で息を詰めた。

雲が切れ、月が現れた。

月明かりが倉田をほの白く照らす。倉田は背筋をぴんと伸ばして立ち尽くしていたが、やおら、抜刀し、草むらを駆け始めた。

勘十郎と三次も飛び出す。

倉田の刃の犠牲となる者を探す。しかし、人の姿はない。

倉田は走りながら大刀を振り回した。

野良犬が激しく吠えかかった。

倉田の刃が月光を弾《はじ》く。

犬の叫びが益々ひどくなり、倉田は憤怒《ふんぬ》の形相で犬を斬り立てた。犬は倉田に嚙みつこうとしたが、倉田の刃の犠牲になるばかりだ。

やがて、倉田の刃を逃れた犬がこちらに向かってくる。三次が思わず逃げようとしたが、腕に嚙みつかれた。

「やめろ！」

三次は犬を振り払った。

勘十郎も抜刀し、飛びかかってくる犬を斬り捨てる。野原に視線を這わすが人はいない。四半時ほども倉田は犬を斬り続けた後、犬の鳴き声がやんだ。犬は倉田に斬られるか、野原から逃げ去ったのだ。

それを見定めると倉田は血ぶりをくれて刀を鞘に納めた。

「やはり犬なんぞ……」

呟《つぶや》いたところで勘十郎と目が合った。

「倉田主水介殿だな」

勘十郎が呼びかけると、

「貴殿は」

怪訝な顔で倉田は問い直してきた。

「おれは、向坂勘十郎、萬相談を生業《なりわい》としておる」

「萬相談……」

益々、倉田は困惑した。

「萬相談の中には辻斬り成敗もあってな、近頃出没する辻斬りを追っているのだ。だから、このあたりを夜回りしておったところ、貴殿が野原に入り、抜刀された」

「それで、拙者が辻斬りだと見当をつけたのだな」

倉田は不機嫌になった。

「貴殿を辻斬りと疑うのは当然だろう」

悪びれもせずに、勘十郎は言い返す。

「あいにくだが、拙者は、ここで野犬を斬った」

「はなから、野犬を斬りにまいったのか」

「そうだ。このところ、野犬がうるさくてな、夜になるとこうして斬りに来ておる」

「今夜だけではないのか」

「野犬がうるさくてかなわんということもあるがな、正直、むしゃくしゃした気分を晴らす目的もある。とは申せ、やはり犬なんぞ斬ってうさを晴らすのはよくないな」

「辻斬りをやっていなさるんじゃ、ないんですね」

三次がたまりかねたようにして問いかけた。

「当たり前だ、無礼者」

むっとして倉田は返した。

「いや、これは失礼した。ところで、連日、野犬を斬っておられて、辻斬りには遭遇したことはござらぬか」

勘十郎の問いかけに、

「見かけておらぬ。拙者も辻斬りについては、気にかけておったゆえ、ずいぶんと目配りしているが、ついぞ見かけぬな」

「これからも、野犬狩りを続けられるか」

「そのつもりだ」

倉田はくるりと背中を向け、屋敷へと戻って行った。

「倉田さま、野犬を斬っていなさったんですね」

拍子抜けしたように三次は倉田の背中を見送った。

「明日、貴江殿にこのことを知らせろ」

勘十郎も苦い顔をして命じた。

「となると、辻斬りは一から探索のしなおしってことになりますが、貴江さまの相談事はこれで済みましたよ。ええっと、後金はいくらになるかっていうと……身内の行状調べは武家の場合、一両と二分ですから、あと二分を頂きますよ」

「おい、身内の行状調べなど手間賃帳に載せておったのか」

三次の細かさに呆れ、勘十郎は問いかけた。三次にしてみれば当たり前のことで、見落としていた勘十郎がいい加減である。

「ちゃんと記してありますよ。ともかく、今回の相談事はこれでけりがつきましたね。一両と二分です」

「貴江殿の一件は落着したが、辻斬りは片付いておらん」

「だって、依頼人はいませんよ。辻斬りを成敗したって、手間賃は入りませんや」

抗《あらが》う三次を睨み、

「銭、金の問題ではない」

勘十郎は強い口調で言った。

三次は肩をそびやかした。

「もう、寝るか」

勘十郎は歩き始めた。

あくる日、三次は倉田屋敷へとやって来た。裏門の番士に貴江への取り次ぎを頼んだ。番士は素性不確かな三次を見て、取り次ぎに難色を示し、帰れと邪険《じゃけん》に追い立てた。

「けっ、あんたら後悔しても知らねえよ」

不遜な口調で言い立てると、

「貴江さま！　貴江さま！」

と、大きな声でがなり立てた。

「おい、おい」

慌てて番士がやって来る。

捕らわれまいと逃げながら、

「貴江さま、人助けの向坂勘十郎さまの一番弟子、三次でございますぞ」

と、大きな声でわめき立てた。

「うるさい、やめんか」

番士が怒鳴るのも何のその、三次は貴江を呼び続けた。すると、裏門脇の潜《くぐ》り戸から貴江が出て来た。

「貴江さま」

慣れ慣れしく三次が近づくと、

「無礼者」

意外にも貴江は冷たく拒絶した。

「ええっ……あっしですよ。向坂勘十郎さまの一番弟子の……三次……」

「お昼に参ります」

小声で貴江は伝えると、そそくさと屋敷の中に戻ってしまった。

「馬鹿な奴だ」

番士にからかわれ、三次は倉田屋敷を後にした。

勘十郎は三次の報告を受け、銀杏屋の離れ座敷で待っているのだが、

「まだか」

昼を過ぎても貴江はやって来ない。

「間もなくですよ」

けろっと、三次は答える。

勘十郎はごろんと横になり、腕枕で昼寝を始めた。

昼八つ半、勘十郎はむっくりと起き上がった。大きくあくびをしてから、

「なんだ、貴江殿、まだか」

この期《ご》に及んで、

「遅いですね」

などと、呑気に三次も生返事をした。

「間違いなく、貴江殿はここに参ると申したんだろうな」

「間違いありませんよ」

三次はむきになって言い返す。

「おかしいぞ」

「何処か、立ち寄り先があるのかもしれませんよ」

「どんな立ち寄り先だよ」

「そりゃ、わかりませんや」

「しょうがないな。もう少し待つか」

さすがに来客を前に酒を飲むのははばかられ、勘十郎は仕方なく昼寝をした。

夕暮れとなり、

「とうとう、来なかったぞ」

不機嫌に勘十郎は起ち上がった。

「ひとっ走り行って見てきますよ」

三次が言うと、

「おれも行くぞ」

勘十郎も腰を上げた。

勘十郎と三次は倉田屋敷へやって来た。夕闇が濃くなり、門は固く閉ざされている。

しかし、不穏な空気が漂っていた。

「なんだか、様子がおかしいですね」

三次が首を捻った。

番士が三次に気づいた。

六

「よお、あんた」

三次は朝に追い立てられた番士に向かって声をかけた。

「なんだ、おまえか」

番士は不快そうな顔を向けてきた。

三次はにこにこと笑いながら、

「つれないですね。性懲りもなくやって来たんですがね、貴江さまにまたお取り次ぎ願いたいんですがね」

ぺこりと頭を下げた。

「できん」

にべもなく番士は跳ねつけた。

「またまた、冷たいな」

「下郎《げろう》が、帰れ」

番士は右手をひらひらと振った。

「しょうがねえな、大事な用事があるんですよ。ちょっとだけ会わせてくだせえよ」

三次は迫った。

「できん、帰れ」

番士は強い口調で拒む。

しびれを切らし、

「いいから、会わせろ」

今度は勘十郎が番士の胸倉をつかんだ。

番士が目を白黒させると、

「こちらはな、あっしのような下郎と違って、れっきとした直参、向坂勘十郎さまだぜ」

三次が言葉を添えると番士はぺこりと頭を下げてから、

「実は、会わせることができないのです」

奥歯に物が挟まったような物言いをした。

「しつこいなあ、あんたも。だからさ、あっしらはね、貴江さまに頼まれた用事を済ませたっていうの」

三次が大きな声で言い立てる。

「ですからね、会わせられなくなったんです」

番士の声が不穏なものに彩《いろど》られた。

「どうした」

勘十郎が問いかける。

「実は、貴江さまはご病気なんでございますよ」

「病だと。で、重いのか」

「ええ、どうも、重篤《じゅうとく》らしいんで」

曖昧な答えゆえ、勘十郎が睨みつけると番士は、詳しい病状はわからないと苦しげな表情で言い添えた。

勘十郎は聞くや、潜り戸を入っていった。

「あ、ちょっと」

止めようとして番士は引っ込んだ。すかさず、三次も続く。

「倉田殿！」

勘十郎は大声で呼ばわった。

若党らしき男や家来たちが出て来た。

「おれは、人助けを生業としておる向坂勘十郎と申す、倉田主水介殿にお取り次ぎを願いたい」

と言うと、倉田本人が応対に出て来た。倉田は勘十郎と三次を見て、

「なんだ、貴殿らか」

と、失笑を漏らした。

「貴殿かではない。妹御、重篤だそうではないか」

「向坂殿であったな。どうして、妹を気遣うてくれるのじゃ」

倉田は首を捻った。

「実はな、貴江殿は倉田殿が夜な夜な辻斬りを働いておるのではないかと、心配なさって、おれを頼ってこられたのだ」

「そういうことか」

倉田は納得したように呟いた。

「妹御の心配が杞憂《きゆう》となったと、お報せに参ったのだが、急な病に臥せっておられるとか」

「……立ち話もなんでござる」

倉田は勘十郎と三次を御殿に導いた。

御殿の居間で、

「貴殿らには成り行き上、まことを語ろう。妹は病にあらず。妹は拙者が成敗した」

倉田の言葉に勘十郎も三次も啞然となった。程なくして三次が、

「成敗っていいますと、斬ったってこってすか」

「左様」

事もなげに倉田は答えた。

「そんな……なんで……、なんで、妹さまをお断りになったんですよ。あんなに、あなたさまを心配なさっておられましたものを」

三次は声を震わせて抗議した。

倉田は動ずることなく、

「貴江めは拙者を辻斬りに仕立てようとしたのじゃ」

「どういうこってすよ」

「あやつは拙者が野犬を斬っておると知りながら、夜な夜な何処へともなく出歩き、刀に血糊が残っていたなどと吹聴《ふいちょう》しおった」

「どうして、そんなことをなさったんですよ」

「拙者に腹を切らせ、京三郎と一緒になり、倉田家を乗っ取るためだ」

倉田は吐き捨てた。

三次は首を左右に振り、

「だからって、なにも斬らなくてもよろしいじゃござんせんか」

「貴江を成敗せねば、拙者がやられておるところであったわ。血をわけた妹を手にかけたというは、貴江が京三郎に毒されておるゆえのこと。京三郎めは倉田家を乗っ取ろうとしておった。貴江はまんまと騙《だま》されおった。いくら、京三郎の不実を拙者が話しても、貴江は耳を貸そうとはしなかったのじゃ。倉田家を守るためにやったことじゃ」

倉田は言った。

三次が顔を歪めた。

おもむろに勘十郎が、

「して、その京三郎という男については今後いかにするつもりだ」

「差しあたって、妹、病死につき、縁談は破談だと伝えたところだ」

「それで、治まるか」

「果し合いでも申し込んで参れば、望むところだ」

倉田は強気の姿勢を崩さない。

「その意気やよし、と、申しておこう。そうだ。果し合いの助太刀《すけだち》が必要になったら、頼ってくれ」

勘十郎は言った。

「なに、その必要はない。京三郎ずれに手間などは取らぬ」

倉田は言い募った。

そこへ、

「倉田殿、御免」

ひときわ大音声《だいおんじょう》が聞こえてきた。

「噂をすれば、だ」

倉田は立ち上がり、障子を開けた。庭には一人の侍が立っていた。大柄な男である。全身から湯気が立つような雰囲気を漂わせていた。

「京三郎、病気見舞いか」

倉田の問いかけに、

「いかにも。倉田殿、貴江殿の病、大丈夫でござるか」

「貴江はみまかった」

倉田が答えると京三郎は大きく目を見開き、

「病と聞きましたが、いかなる病に倒れたのでござるか。昨日、お会いした時には至ってお健《すこ》やかであったが、病とはにわかには信じられぬ」

拳《こぶし》を作り、京三郎は濡れ縁に立つ倉田を見上げた。

倉田は京三郎を見下ろし、

「斬った」

と、言い放った。

「倉田殿、正気でござるか」

「拙者はいたって正気。常軌を逸したのは貴江だ。そして、貴江をそのようにさせたのは、京三郎、おまえだ」

怒りで倉田の声が震えた。

「倉田殿、それは言いがかりだ」

「言いがかりなものか。貴様が貴江をそそのかし、拙者が辻斬りを行っておると、吹き込み、貴江にもそのように吹聴させた」

「ならば、申す。倉田殿、そなた、実際に辻斬りを行っておるではないか」

京三郎も負けていない。

「拙者は野犬を斬っておるだけだ。なあ、向坂殿」

と、倉田は勘十郎を呼ばわった。

勘十郎も濡れ縁に立った。

「貴殿は……」

京三郎は怪訝《けげん》な顔をした。

「おれは萬相談を生業とする向坂勘十郎だ。貴江殿から、助けを求められた。貴江殿は倉田殿が辻斬りを行っているのではと心配しておられたのでな」

「おお、貴殿が向坂殿か」

京三郎がうなずいたところで、

「あっしが一の子分の三次ってけちな野郎でござんす」

聞かれもしないのに三次は名乗り出た。

京三郎はうなずき、

「貴江殿から聞いた。向坂というお方に助けを求めたと」

すると、

「貴江を向坂殿に助けを求めに行かせたのは、そなたであろう」

倉田が責め立てた。

「なにを」

京三郎は刀の柄に右手を伸ばした。

「やるか」

倉田は庭に降り立つ。

「おお、望むところよ」

京三郎も受けて立った。

素早く勘十郎が、

「ならば、果し合いを致せ。正々堂々とな。なんなら、おれが立会い人になってやるぞ」

倉田と京三郎はしばらく睨み合ったが、

「拙者はそれでよい」

倉田が受け入れると、

「わたしも異存ない」

「なら、決まりだ」

勘十郎は言った。

七

倉田屋敷から出て、

「思いもかけないことになりましたね」

三次が言った。

「面白くなってきたぞ」

勘十郎は手をこすり合わせた。

「喜んでいる場合じゃありませんよ。こりゃ、大事《おおごと》ですよ。あっ、いけねえ。貴江さまの残りの手間賃、二分、取りっぱぐれちまいましたね」

「香典代わりと思え」

「わかりました。お気の毒なこってすものね。なら、立会いの手間賃を取りますよ。武家の果し合いは五両ですが、双方からは取れませんね」

「命のやり取りとなろうからな。勝った方からしか取れぬな」

「でも、五両も持参してきますかね。今から言いにいってきますよ」

戻ろうとした三次を止め、

「後で取りに行けばよい」

勘十郎は歩き出した。


果し合いの日がやって来た。

指定場所の野原に勘十郎と三次はやって来た。

野犬は今夜も吠えている。

先に京三郎がやって来た。額には鉢金《はちがね》、襷《たすき》を掛け、裁着《たっつ》け袴《ばかま》を穿《は》いている。今夜の果し合いにかける意気込みで満ち満ちていた。

「今日はよろしくお願い致す」

武士らしい冷静さで京三郎は伝えた。

すると、倉田も姿を現した。倉田も爛々《らんらん》とした目で近づいて来た。そして、いきなり抜刀すると、間髪《かんはつ》容れずに駆け出す。

「おい、まだ、立会いをすませてはおらんぞ」

勘十郎が止めるのも聞かず倉田は刃を振りかざしたまま静止しない。京三郎も抜刀し、倉田を待ち構える。

しかし、倉田は京三郎の脇を風のように走り抜け、野良犬に向かっていった。次いで、吠え立てる犬を斬りつけた。

犬は激しく吠え、倉田に嚙みつく。

倉田はめったやたらと刀を振り回し、犬を斬る。犬も必死で歯向かう。犬を斬る倉田はまさしく常軌を逸していた。

「倉田殿、おやめなされ」

京三郎は止めにかかった。

しかし、倉田はやめようとはしない。倉田の余りにも鬼気迫る態度に、京三郎は啞然として立ち尽くしていた。

その京三郎にも犬が嚙みついてきた。

京三郎も刃を振るう。

二人の男は必死の形相で犬を斬った。

「勘さま、こりゃ、おかしなことになっていますぜ」

三次が危惧した。

勘十郎は、

「おいおい、その辺にしとけ。あんた方、果し合いをするんじゃないのかい」

二人に近づいた。

気を取り直したように京三郎はこちらを見た。

と、次の瞬間、

「覚悟!」

倉田が絶叫するや京三郎に斬りつけた。

不意をつかれた京三郎は振り向き刃を構えたが、時、既に遅し。

京三郎は首筋から鮮血を飛び散らせ野原に倒れた。

「き、汚ねえ」

三次は倉田を糾弾した。

しかし、倉田は悠然として刀を血ぶりし、鞘に納めた。勘十郎は京三郎の傍らにひざまずいた。

京三郎は、

「卑怯なり」

無念の形相で一言語ると、がっくりとうなだれた。

勘十郎は立ち上がり、倉田を見る。

「立会い、かたじけない」

勘十郎に向かって頭を下げる。

三次がたまらず、

「あんた、卑怯だぜ」

「卑怯じゃと」

倉田は首を捻った。

「ああ、だまし討ちじゃないか」

「だまし討ちなどではない。共に刀を抜き、果し合いに臨んでいたのだ。京三郎は油断しておったのだ」

「油断ったたって、犬を一緒に斬っていたんじゃないですか」

「京三郎に頼んだわけではない」

「そりゃ、屁理屈ってもんですぜ」

「よいか、戦場であったなら何とする。戦場で鑓刀を構えていながら、敵が身構えるまで待つ者などおらん」

「そりゃそうかもしれませんがね」

三次はやり込められて憮然とした。

「ならば、これにて」

倉田は立ち去ろうとしたが、

「倉田さま、立会いの手間賃を頂きたいんですよ」

三次が言った。

「手間賃か……よかろう。いかほどじゃ」

「五両です」

「承知した。しかし、今はあいにく手元不如意《ふにょい》、後日、必ず届ける」

倉田は武士に二言《にごん》はないと約束をした。

「ともかく、これで決着はついたが、すっきりはせぬな」

勘十郎は唸った。

「五両入るじゃござんせんか」

三次が返すと、

「だから、銭、金の問題ではない。小言でも言ってやればよかった。いや、小言など無駄だな。説教したところで改心せぬ。あいつは根っからの悪党だ。しかし、あいつの犬斬りと貴江及び京三郎斬殺、何かあるな」

「何かっていいますと」

「今回のことには裏があるってことだ」

「裏ねえ」

三次は首を捻りながら勘十郎に続いた。

三日後、倉田が約束通り、やって来た。

三次は丁寧に挨拶をする。

「これは、ようこそ」

「向坂殿、約束の五両を持参致したぞ」

倉田は小判で五両を勘十郎に渡した。

「かたじけない」

勘十郎が受け取ろうとしたところで、

「それから、これに、署名をして頂きたい」

と、懐中から一通の書状を手渡した。そこには、京三郎との果し合いは公明正大に行われたと記され、立会い人として勘十郎の署名を求めるものであった。

「町奉行所から咎《とが》め立てられたり、京三郎の身内からあらぬ訴えがなされた場合に身の潔白を示すためでござる」

倉田の説明を聞き、

「公明正大たって、そりゃ、ねえでしょう」

三次が抗議をしたが、

「何度も申すな、下郎」

憮然と倉田は言った。

「あっしゃ、署名しませんからね」

三次は横を向いた。

「おまえになんぞ、署名してもらおうとは思わぬ」

倉田にせせら笑われ、むっつりと黙った。

「わかった」

勘十郎は書付に署名した。

「かたじけない」

受け取り、倉田は懐中に入れる。

「最初から京三郎殿を殺すつもりであったのではないか」

不意に勘十郎は問いかけた。

「そのようなことはない。貴江と京三郎がわしを辻斬りに仕立てようとしたから、成敗した」

倉田の目が尖《とが》った。

「いくら、疑われようと、実の妹を手にかけ、その亭主となるはずだった男までも斬るとは、貴殿は常軌を逸しておる。人の命を野犬と変わらぬと思っておるな」

「黙れ！」

「黙らぬ。血に飢えておるのであろう、人を斬りたくてどうしようもないのではないか」

「わしは人だ、獣《けもの》ではない」

「どうだろうな。あんたが、犬を斬っている時の様子、あれは血に飢えた獣であったぞ。そして、こうも言った。やはり、犬なんぞ……で、おれに見られたと知って、わざわざ取り繕《つくろ》った。やはり犬なんぞ斬ってうさを晴らすのはよくない、とな」

勘十郎は鋭く迫った。

倉田は黙り込む。

「やはり、犬なんぞではなく、人を斬りたい、と続くはずだったのだろう」

「おのれ」

倉田は全身ぶるぶると震え始めた。

「酒の中毒の奴が酒が切れると手が震えるが、あんたは辻斬りができない日が続くとそうやって震えるのか」

「うるさい」

「辻斬りをしておったな」

勘十郎は倉田を睨んだ。

倉田は絶叫し、刀を抜いた。

「ひえ〜」

三次は仰《の》け反《ぞ》った。

勘十郎は倉田の刃を避け、庭に飛び降りた。倉田は刀を大上段に構えて追いかける。

「貴様も刀の錆《さび》にしてくれる」

倉田はじりじりと間合いを詰めてきた。

勘十郎は丸腰だ。そのためか、倉田は獲物を追い詰めた野獣のように舌なめずりをした。

三次が長押の十文字鑓を取り、

「勘さま」

声をかけるや勘十郎に投げた。

はっしと勘十郎は受け取り、石突を前に向ける。

そこへ倉田が走り寄って来た。

「神君家康公の十文字鑓、食らえ!」

叫び立て、勘十郎は鑓を突き出した。

石突が倉田の鳩尾《みぞおち》に食い込む。

倉田は棒立ちとなった。

勘十郎は鳩尾から離すと石突を帯の下にこじ入れ、

「飛んでゆけ!」

と、力を込め鑓で倉田を持ち上げ、放り投げた。

倉田の身体は弧を描いて生垣を越え、往来にどすんと落下した。

倉田が切腹したのは、あくる日の朝だった。

後味の悪い一件であったが、仕事初めに貴江の分と合わせて六両が手に入ったと三次は喜んでいる。あやうく野盗に殺されるところだったのに、のんきなものだ。そういえば品川の野盗、まだ悪事を働いているのだろうか。

第二話　闇夜の身代金《みのしろきん》

一

萬相談所を開き、細々とではあるが仕事が舞い込むようになった。といっても、近所の夫婦喧嘩、長屋の店賃《たなちん》滞納などの相談が持ち込まれ、精々《せいぜい》、一分《ぶ》ももらえば儲け物である。

それでも最初の仕事で入った六両のお陰で、お里も嫌な顔をせず、会津の三次は几帳面さを発揮して、離れ座敷をこぎれいにしていた。相談者に振舞う茶や菓子なども用意をしている。ところが、相談者に食べてもらおうと買ってきた草団子を勘十郎が食べてしまうこともしばしばで、三次は自分が寝泊りする物置小屋を改装し、待合《まちあい》にした。

畳を敷き、文机や茶箪笥を置き、待つ間に相談者がくつろげるようにしている。もっとも、待たせるほど繁盛してはいないのだが。

離れ座敷周辺ばかりか、庭一帯、更には裏木戸前の往来まで毎朝掃除を欠かさない。それでも、晩秋とあって、落ち葉が絶えることはない。

そんな神無月《かんなづき》三日の朝のことだ。

「御免！」

ひときわ大きな声が裏木戸から聞こえた。

「はい、ただいま」

素早く、三次が裏木戸に向かう。

羽織、袴に身を包んだ老齢の武士が立っていた。髪は真っ白、垂れ下がった眉も白い。無数の皺《しわ》が刻まれた面差《おもざ》しは思いの外《ほか》、肌艶がいい。

やや背筋が曲がっているものの、かくしゃくとした様子である。

老武士は、

「若はおられるか」

と、問いかけてきた。

「若……」

三次が首を捻ると焦《じ》れったそうに、

「向坂勘十郎元常さまじゃ」

「ああ、勘さまですか。ええ、いらっしゃいますよ。失礼ですが……」

どちらさまですかと問いかけようとしたが、

「爺《じい》、しばらくぶりよな」

勘十郎が濡れ縁に立った。

「若、探しましたぞ」

老武士は向坂家の用人、蜂谷《はちや》柿右衛門《かきえもん》であった。

「何しに来た、とは言うまい。まあ、上がれ」

勘十郎に手招きされて、柿右衛門は離れ座敷に上がった。気になり、三次も柿右衛門に続いた。

「若、心配しましたぞ」

柿右衛門は語りかけてから、三次を見た。邪魔者だという目で見られたため、三次は離れ座敷を出たものの、やはり気になり、物置小屋から茶と草団子をお盆に載せ戻っていった。

うろんな目で三次を見ていた柿右衛門だったが、

「おお、気が利くのう」

と、目元を緩め、草団子に手を伸ばした。勘十郎も草団子を頬張り、茶をぐびりと飲んだ。

「爺、何の用だ。まさか、おれに戻れと頼みに来たのではあるまいな」

勘十郎は鼻で笑った。

「もちろん、戻って頂きたいのですが、わしが頼んで帰ってきてくださる若ではありますまい。こうして、お元気な顔を見られただけでも、ようございますよ。ええ、顔を見に来たんですぞ。他意はございませんなあ」

柿右衛門は笑みで顔中を皺くちゃにした。

「よくわかっているではないか。ま、この通り、気楽に暮らしておる。そっちも、みな、達者であろうな」

みなさま、変わりございませんと柿右衛門は答えた。

「格之進《かくのしん》は達者か」

と、勘十郎が問いかけたところで、

「ご兄弟ですか」

三次が口を挟んだ。

二歳下の弟だと勘十郎は答えてから、

「学問熱心、武芸の鍛錬も怠らず、おまけに品行方正、酒も飲まぬときておる。親には口答えせず、奉公人への気配りも欠かさぬ、と、まあこんな男だ」

「つまり、勘さまとは正反対のお方ですね」

三次に言われ、

「違いない」

勘十郎は笑い飛ばした。

が、柿右衛門は渋い顔になって、

「格之進さま、若が出て行かれて、寂しく思っておられますぞ。折に触れ、お父上に勘当を解くよう願い出ておられるのです」

「兄想いの弟を持ち、おれは果報者《かほうもの》だ。でもな、親父はおれを許すまいし、おれも頭を下げて戻る気はない」

「そんな……」

柿右衛門が渋面《じゅうめん》を深めると、

「三公、柿右衛門はな、見ての通り、口うるさい男だ。守役《もりやく》の頃からおれがちょっとでも悪さをすると、顔をしかめる。渋い顔ばかりするので、柿右衛門の名に引っかけて渋柿《しぶがき》と呼んでおるのだ」

勘十郎は遠慮なくからかった。

三次はさすがに応じられない。柿右衛門は茶を啜り、苦《にが》いと舌打ちした。

「爺、去る者、日々に疎《うと》しだ。その内、格之進とて、おれのことなんぞ、忘れるさ」

「血の繫がったご兄弟ですぞ。よもや、お忘れになるなどありません！」

渋柿とからかわれようが、柿右衛門は言葉を強めた。

「相変わらず、血の気の多い爺さんだな」

「血の気の多いのは、若も同じでございましょう」

「わかった、わかった。ともかく、おれは達者だ」

「お元気なことはよくわかりました。それは安堵したのですが、若、ここで何をなさっておられるのですか。萬相談とは……」

柿右衛門が視線を泳がすと、

「これをご覧ください」

三次が相談事手間賃の帳面を差し出した。受け取ると、柿右衛門は興味深そうに目を通した。びっしりと書き綴られた相談項目と手間賃に、

「これだけの相談事を若が引き受けなさるのですか」

「なさるのだ」

勘十郎は真顔で返した。

「なるほど、世間ずれした若ですから、できましょうな。いや、お見それしました。若はちゃんと暮らしておられるのですな」

「強請《ゆす》りたかり、果ては野盗でもやっておると思っておったか」

「そんなことは思っておりませんでした。若は案外、筋を通すというか、曲がった事は大嫌い、悪党を憎むご気性ですからな」

「案外は余計だが、安心したようだな」

「安心はしませんな。逆に不安です。若のことですから、見境なく相談事を引き受ければ、遠からず大きな騒動に巻き込まれますぞ」

「巻き込まれてもよいではないか。向坂家とは関係のないおれなのだからな」

「また、そのようなことを……勘当の身とは申せ、向坂家の看板に泥を塗ってはなりませぬ。お父上ばかりか祖父さま、更にはご先祖さまに顔向けができませんぞ」

柿右衛門は顔をしかめ、渋柿と化した。

「ともかく、達者だ。それより、萬相談の客がいれば紹介してくれよ」

しゃあしゃあと勘十郎は言ってのけた。

「わかりました。ともかく、若が少しも変わっておられぬようで、何よりです。今すぐ御家に戻ってくださいとは申しません。これからも折に触れ、顔を出しますので戻りたくなったら、お父上に取り成しますぞ。下《くだ》らぬ親子喧嘩が元で勘当とは、殿も悔いておられます」

「親子喧嘩はきっかけだ。それまでの鬱憤《うっぷん》がお互いあったのだ」

「それにしてもです……ま、今はよろしかろう。頭を冷やし、よくお考えくだされ。いつでも、取り成しますぞ」

くどいくらいに言い置いて、柿右衛門は去っていった。

柿右衛門の姿が見えなくなったところで、

「いやあ、うるさそうなお方ですね」

三次が言うと、

「おまえも見ておっただろう。うるさそうではなくて、うるさいのだ。その上、頑固ときておる。ま、人は何かしら良い点があるものでな。爺も口うるさいが、あれでいいところもある」

「そう言いますと」

「死んだ祖父の鎗持ちをやっておった。大坂の陣の折にもつき従ったゆえな、戦《いくさ》のことなどよく話してくれたものだ。そうは言っても、酒が入ると、長ったらしくていかんのだがな」

文句を言いながらも、勘十郎は柿右衛門が好きなようだ。

三次が感心すると、

「御免くださいまし」

今度は控え目な声が聞こえてきた。

やって来たのは、羽織を重ねた商人風の男である。木枯らしに吹かれ、背中を丸めていたが、三次が濡れ縁に出ると背筋を伸ばして一礼した。

「どうぞ、お上がりなすって」

三次に促され、男は階《きざはし》を上がり離れ座敷に入って来た。

勘十郎の前で正座をし、うつむき加減で、

「浅草《あさくさ》で呉服を商っております、備前屋《びぜんや》の主、与平《よへい》と申します」

与平は素性を明かした。

三次が手間賃帳を差し出そうとしたが、

「息子がかどわかされたのです」

与平は言った。

二

「そいつは、大変じゃござんせんか。すぐに、奉行所に訴えなさいよ」

三次が返すと、

「それができたら、こうしてご相談には参りません」

ぼそぼそと小さな声で与平は返した。

「そりゃ、そうだ」

三次も納得した。

勘十郎は与平に続きを語るよう目で促した。

与平の息子、小太郎《こたろう》は昨日の夕方、寺子屋の帰りに何者かによってさらわれた。奉公人も総出で探したが見つからず、神隠しにでも遭ったのか、あるいは、旅芸人にでも連れ去られたのかと奉行所に届けようとした矢先に、矢文《やぶみ》で知らせが来た。

「今宵、夜八つまでに千両を用意しろというのです」

「そりゃ、大金だ」

思わず、三次は口に出してしまい、あわてて口を手で塞いだ。

「おっしゃる通り、手前どもには大金でございます。ですが、たった一人の息子の命には代えられないと、どうにか用立てた次第でございます。それで、矢文には身代金《みのしろきん》を届けるにあたりまして、奉行所には絶対に知らせるなときつく書いてあったのです」

「それで、勘さまを頼ったってわけですね」

合点したように三次は確認した。

「さようでございます。向坂さま、お願い致します、どうか、小太郎をお助けくださいまし」

与平は両手をついた。

「引き受けるのはやぶさかではないが、身代金の受け渡しなら、父親であるおまえが行った方がよいのではないか」

「そうなのですが……」

与平は奥歯に物が挟まったような言い方をした。

「どうしたんですよ」

三次が尋ねた。

「相手がどうも、その……野盗といいますか、とても、手前のような商人がやり取りを交わせる連中ではないのです。とは申しましても、怖《お》じ気《け》づくとは情けのうございます」

父親失格だと、与平は自分を責めた。

「いやいや、備前屋さん、そりゃごもっともですよ。よくぞ、相談にいらっしゃいました。勘さまの出番ですよ」

三次は調子よく与平を励ました。

「お願い致します」

再び与平は両手をつき、畳に額をこすりつけた。

「よかろう。引き受けた」

勘十郎が了承するとすかさず三次が、

「それで、手間賃なんですがね」

と、手間賃帳を取り出した。

与平は神妙な面持ちで待ち構える。

「ええっと、今回はですよ。かどわかしですからね」

手間賃はこうなるのだと数え上げる。

下手人との交渉、人質奪還、身代金取り戻し、下手人の捕縛までを算盤《そろばん》で計算しよ

うとした。すると、

「三公、今はそんなことはどうでもよいではないか。倅《せがれ》を取り戻すのが先決だ」

勘十郎が間に入った。

それもそうですねと、三次が引き下がったところで、

「一割をお支払いします」

与平が申し出た。

「一割っておっしゃいますと」

三次の問いかけに、

「小太郎が無事戻ってまいりましたら、身代金の一割を差し上げます」

「てことは、百両ですね」

三次の念押しに、

「はい、百両でございます」

しっかりと与平は答えた。

「こりゃ、すげえや」

三次は頬を綻《ほころ》ばせたが、不謹慎だと気づき唇を噛み締めた。

「では、何卒《なにとぞ》よろしくお願い致します」

与平は深々と頭を下げてから腰を上げ、何度も振り返ってはよろしくお願い致しますと繰り返してから裏木戸を出た。

「勘さま、運が向いてきましたね」

喜ぶ三次に、

「おまえは、つくづく、金の亡者《もうじゃ》だな」

呆れたように勘十郎はくさした。

「勘さま、世の中、なんたって、銭、金ですよ。悲しいですがね」

悪びれもせず三次は言った。

三

その日の夜、勘十郎と三次は浅草風神雷神《ふうじんらいじん》門前に店を構える呉服屋、備前屋へとやって来た。既に店は閉じられ、往来を吹き抜ける夜風が落ち葉を舞わせ、静寂さを際立たせていた。

三次が断り、店の中に入った。

母屋の居間に通される。

与平と女房と思《おぼ》しき女がいた。与平が女房のお時《とき》と紹介した。行灯《あんどん》の灯りに浮かぶお時は瞼を腫《は》らして、憔悴《しょうすい》し切っていた。

「これが、千両でございます」

与平は風呂敷包みを差し出した。三次が、

「失礼します」

と、風呂敷包みを解いた。小判の紙包みが表れた。三次は封印を解くことはなかったが、手触りで間違いなく小判であると判断した。

「こいつを何処《どこ》へ持って行けばいいんだ」

勘十郎が問いかけると、

「浅草観音《かんのん》の裏手です。そこに夜八つに持って来いと下手人は矢文を寄越しました」

与平は答えた。

「よし、わかった。ところで、先ほどは聞きそびれたのだが、野盗の連中の仕業だとはどうしてわかったのだ」

勘十郎が疑問を呈すると、

「この文《ふみ》でございます」

与平は矢文を差し出した。

勘十郎は文を畳に広げた。

そこには、息子を人質に取ったこと、身代金千両を要求すること、奉行所に知らせたら息子を殺すことが記され、最後に身代金の使い道が記してあった。

「豊臣家再興の軍資金、か」

勘十郎は言った。

「へえ、そりゃ、一体……こりゃ、大事《おおごと》だ」

三次が騒ぎ始めた。

与平が、

「向坂さまもお聞きになられたのではありませんか。近頃跋扈《ばっこ》する野盗を束ねるのは豊臣秀頼の遺児であると」

勘十郎が答える前に三次が興奮して返した。

「ありますよ。じゃあ、豊臣秀頼の遺児が野盗を束ねているってえのは、本当だったんですね」

「本当かどうかはわかりません。ですが、倅をかどわかしたのは、野盗連中に間違いないと思います」

与平が断じたところで、お時が突如として感情を溢れさせた。

「小太郎は……小太郎は、あの子はどうなるのでしょう、小太郎は帰って来ますか。来ますよね。小太郎は戻りますよね……いつ、いつ、いつ！」

視線を彷徨《さまよ》わせ、やがて声を上げて泣き始めた。与平がお時の肩を優しく叩き、部屋の隅に連れて行った。

二人が遠ざかったところで、

「勘さま、こりゃ、ずいぶんと大物が出てきましたね。豊臣秀頼の子供といやあ、太閤秀吉の孫ってこってすよ。豊臣家、再興の軍資金ってことはですよ、連中の間じゃ、相当な悪企みが進んでいるんじゃありませんか。きっとそうですよ」

三次は興奮気味に語る。

「おいおい、そう早合点するな。豊臣秀頼の遺児なんぞを騙《かた》るとは、いかにもいかがわしいし、豊臣家再興をぶち上げるのも怪しいものだ。たった一本の矢文に惑わされるな。おまえ、金勘定や相談所の営みには几帳面だが、読売もどきの騒ぎには大雑把過ぎるぞ」

勘十郎は冷静だ。

「すんません」

三次はしょぼんとなった。

すると、部屋の隅からお時が、

「怨《うら》まれているのです」

行灯の灯りが届かない闇で、お時の甲走《かんばし》った声が響いた。

「誰にです」

闇に向かって三次が問いかけると、

「わたしの父は豊臣さまを裏切ったのでございます」

聞き捨てにできないことをお時は言った。

与平が勘十郎の側《そば》に座り、お時の父嘉平《かへい》は大坂で呉服屋を営んでいたと話した。毎年、大坂城の奥向きから、莫大な呉服の買い上げがあったそうだ。豊臣家のお陰で大きな身代を築けたのだが、大坂城が攻められると、徳川方に内通したという。大坂城内の奥向きの構造を絵図面にし、秀頼や淀殿《よどどの》、千姫《せんひめ》の寝間、城外に繋がる井戸、金蔵などを記した。

「きっと、その時の恨みでございます」

闇からお時の声が聞こえた。

「もう、二十年も昔の話じゃないか」

与平は否定したが言葉尻が曇り、不安そうだ。

「二十年しか経っていないのですよ。秀頼公の恨みをご子息が受け継いだとしても不思議ではありません」

お時は豊臣秀頼の亡霊に怯《おび》え切っている。

「お内儀《かみ》さん、相手が豊臣秀頼の子だろうと、真田幸村が生きていようと、怖がることはねえですよ。こちらの向坂勘十郎さまはですね、神君家康公下賜の十文字鑓でもって、ばったばったと悪党を退治なさってきましたからね。戦国の世に生まれたら、鑓一本で一城の主《あるじ》に成れたってお方なんですから」

勢いよく捲くし立てる三次に、与平は頰を緩めたが、お時はというと沈黙している。闇から動揺の息遣いが聞こえるばかりだ。

「ともかく、任せてくれ」

勘十郎は言った。

約束の刻限となり、勘十郎と三次は与平に連れられ、浅草観音へとやって来た。

この当時の浅草寺《せんそうじ》の裏手は田圃《たんぼ》と草むら、雑木林が広がるひなびた一帯である。吉《よし》原《わら》が移転される前のことだ。

冷たい夜風がびゅうと鳴り、ほの白い月明かりに照らされて玄妙《げんみょう》な雰囲気をかもし出していた。与平は一人、ぽつんと風呂敷包みを背負って立っている。

勘十郎と三次は雑木林の中に身を潜め、野盗が現れるのを待つ。風で木々の枝が揺れるが、勘十郎の茶筅髷はぴくりとも動かず、右手で握る十文字鑓と相まって、戦国武者のような威風を払っていた。

「なんだか、武者震いしますね」

三次は言った。

「おまえが、武者震いをしてどうするのだ」

勘十郎がからかいの言葉を述べ立てた。

「ですけどね、豊臣の残党と戦うんですぜ」

「豊臣の残党ではなかろう。事実としても、豊臣秀頼の遺児が束ねる野盗が相手なのだ」

「似たようなもんじゃござんせんか」

「大違いだ。まこと、おまえは大雑把だな」

やり取りを続けると、しばらくして約束の刻限を告げる時の鐘が鳴った。

遠目にも与平が緊張を帯びたのがわかる。

しかし、ぴゅ〜と笛のような風の音が聞こえるばかりで、人の気配はない。与平は正面を見据え、硬直した表情で立ち尽くしていた。

いつしか、勘十郎と三次も無口になり、じっと、成り行きを見守っていた。時がゆっくりと過ぎてゆく。

「まだですかね」

三次がしびれを切らしたように言った。

「おまえが、焦ってどうするのだ」

勘十郎が諫めた。

「ま、そうなんですがね」

三次が答えたところで、ばたばたとした足音が近づいてきた。田圃の畦道《あぜみち》を総勢十人あまりの男たちが走って来る。そろって着物を着崩している。わけても頭目と思《おぼ》しき先頭の男は、着物を尻はしょりにして熊の毛皮を重ねており、腰には唐土《もろこし》渡来の青《せい》龍刀《りゅうとう》を帯びている。野盗あるいは山賊のようであった。

山賊のような格好をした男は、日本橋の米屋の裏口で米俵を盗もうとした紋吉であった。

紋吉が前に立つや、

「倅を返してください」

与平は両手を合わせ懇願した。

「金を寄越せ」

横柄《おうへい》な態度で紋吉は右手を差し出した。左手は威圧するように青龍刀の柄《つか》に添えている。

「倅は何処ですか」

必死で与平は問いかける。

「いいから、金だ」

紋吉は怒鳴った。

そこへ、勘十郎が飛び出す。三次も続いた。夜陰をつき、鐺を右手に突進する勘十郎に、

「ああ、あんた……」

紋吉は口をあんぐりとさせた。

「相変わらず悪さをしておるのか。おまえは改心という言葉を知らんようだな」

勘十郎は十文字鐺を頭上でくるくると回転させた。紋吉ばかりか子分たちも突如現れた勘十郎に怯え、身をすくませた。

三次が勘十郎の斜め後ろで控えた。

「いや、待ってくれよ」

紋吉は右手を広げ勘十郎に突き出した。

「問答無用だ。子供は何処だ」

勘十郎は怒鳴る。

「子供は何処だか知らないんですよ」

紋吉は言った。

「寝言は寝て申せ」

勘十郎は三次に鑓を預け、紋吉の襟首を摑んだ。

「やめてくれよ」

紋吉は喚《わめ》き立てた。

すっかり怯え切った子分たちも手出しどころか、声も発せられない。

「子供は何処に隠している。白状せぬと、首を吊らせるぞ」

勘十郎は両手で紋吉の襟首を持ち上げた。

踵《かかと》が浮き、爪先立ちとなった紋吉は、

「ほんとだよ、知らないんですって」

切迫した顔で訴えかけた。

その真《しん》に迫った表情に嘘は感じられない。勘十郎は紋吉を地べたに下ろした。

「どういうことだ」

改めて問うた。

「それがですよ。あっしも、指図されたんですよ」

息を荒らげながら紋吉は答えた。

「誰の指図だ」

勘十郎は問いかけた。

「豊臣秀盛《ひでもり》さまですよ。お聞きになったこと、おありでしょう。豊臣秀頼さまの忘れ形見が江戸にいるって」

「秀頼の息子だから秀盛か」

「そういうこって」

「秀盛がおまえたちに与平の息子をさらわせたのか」

「いや、あっしら、さらってなんかいませんよ。ただ、与平が千両を持って浅草観音の裏手に来るから、それをもらってこいって、命令されただけなんですから」

「嘘つけ」

勘十郎は脅しつける。

「ほんとですって」

「なら、豊臣秀盛の所へ案内しろ」

勘十郎は強い口調で命じた。

「それがですよ、何処にいらっしゃるか、わからないんですよ」

紋吉は言った。

「また、嘘を並べるか」

勘十郎は再び襟首をつかもうとした。紋吉は後ずさり、

「本当ですって」

と、大きく頭《かぶり》を振った。

「なら、どうして秀盛の命令を受けることができるのだ」

「文が届くんですよ」

「文だけで、動くのか」

「そうです」

「信じられぬな」

「だって、命令通りに動かなきゃ、ぶっ潰《つぶ》されてしまうんですよ」

紋吉は首筋に手を置いた。

四

「潰されればいいだろう。おまえがこの世で出来るたった一つの善行だ」

勘十郎は鼻を鳴らした。

「そんな……」

紋吉は苦い顔をする。

「それで、倅は何処にいるんだ」

不意に勘十郎は問いかける。

「だから、わからないんですよ。いや、本当ですって」

紋吉は言葉に力を込めた。

「なら、この千両を何処に届けるつもりだったのだ」

「この近くの荒れ寺なんですよ。届けましたらね、一割をもらえるんです」

紋吉は微笑んだ。

「よし、案内しろ」

「ええっ向坂の旦那をですか」

「他に誰がおるのだ」

　当然のように勘十郎は言った。

「じゃあ、千両を頂戴しませんと」

　紋吉は与平に向いた。

「千両持参する必要はない。おれが、荒れ寺に乗り込んで、豊臣秀盛を鑓の錆《さび》にしてやる」

「そいつは頼もしいお言葉ですがね、闇太閤《やみたいこう》さまは得体の知れない、お強いお方なんですよ。あ、いや、あっしら無頼者の間じゃ、秀盛さまは太閤さまのお孫さまってことで、闇太閤ってお呼びしているんです」

「闇太閤だか闇将軍だか知らないが、強いものか。子供をさらって得意がっておるのだからな」

　勘十郎はせせら笑った。

「そりゃ、そうかもしれませんがね」

　しどろもどろとなった紋吉を、

「行くぞ」

　襟首を摑んで案内に立たせた。

三次が、

「与平旦那はどうします」

「おお、そうだったな。千両の風呂敷包みを背負って一人、夜道を帰すのも心配だ。三公、一緒についていけ」

「合点でえ」

三次は快く引き受けたのだが、

「小太郎は……小太郎はどうなるのでございますか。小太郎を連れて帰らないことには、お金なんか、どうでもいいのです」

必死の形相で訴えかけた。

三次が、

「気持ちはわかりますがね、旦那、さらったのは闇太閤なんですから、勘さまにお任せすりゃ、きっと取り戻してくださいますって。ねえ、勘さま」

「ああ、任せろ」

三次から十文字鑓を受け取り、勘十郎は胸を叩いた。次いで、紋吉たちと闇太閤こと豊臣秀盛の隠れ家へと向かった。

その隠れ家はなるほど、廃屋敷であった。三次と共に踏み込んだ品川の廃屋敷を思い出す。

「なるほど、闇太閤ってわけか」

勘十郎は周囲を見回した。

ぼうぼうとした草むらの中に御堂があった。朽ち果ててはいないが、板壁や濡れ縁は所々穴が空いている。軒に吊るされた風鐸《ふうたく》が風に鳴り、亡霊の棲家《すみか》の不気味さを醸《かも》し出していた。

「紋公、闇太閤を連れて来いよ」

勘十郎が命ずると、

「おい、見てこいよ」

紋吉は子分に御堂に入るよう命じた。

「自分で見に行けよ、怠け者めが。それとも怖いのか」

勘十郎は紋吉の額を指で小突いた。紋吉は舌をぺろっと出して首をすくめた。

子分が二人、御堂の階の前に立ち、

「闇太閤さま」

と、声をかける。

しかし、観音扉は閉じられたままだ。

「かまわねえ。金をお届けにあがりましたって言って入っていけ」

紋吉に言われるまま子分二人は、

「千両、お届けしますよ」

と、声をかけてから観音扉を押し開き、中へ入った。

「闇太閤、ずいぶんとしけた所に住んでいらっしゃるな。外見が侘《わ》び寂《さ》びの装いでも、堂の中には黄金の茶室でもあるのかな」

勘十郎は笑い飛ばした。

と、その直後、凄まじい爆音と共に火柱が立ち上《のぼ》った。

「ひええ」

紋吉が悲鳴を上げる。

御堂は燃え上がった。

勘十郎が御堂に近づこうとすると、子分三人がばたばたと倒れた。胸には棒手裏剣《ぼうしゆりけん》が突き刺さっている。巨大な火柱となった御堂の側《そば》に、黒の忍び装束を身に着けた連中が見えた。

夜風を切る音がし、棒手裏剣が飛んできた。勘十郎は十文字鑓の柄の真ん中を両手で握り、激しく回転させる。

手裏剣が弾き飛ばされる。

次々と手裏剣は草むらに落ち、中には忍びの方に打ち返されるものもあった。忍びは後ずさり、手裏剣は飛来しなくなった。

勘十郎は鐺を手に草むらを進む。下ばえが足首に絡む。人の気配はない。忍びは退散していた。

「闇太閤さまがお怒りだ」

紋吉は怯えた。

「おまえ、やっぱり臆病者だな」

勘十郎がからかうと、

「だって、目の前で子分たちが殺されたんですよ。あっしだって、命拾いしたものの、死んだっておかしくなかったですぜ」

紋吉は自分の首筋を撫でた。

「死ねばよかったんだよ。ほんと、あの忍び連中、下手糞《へたくそ》だ。それにしても、御堂を爆発させるとは解《げ》せぬな」

勘十郎は顎を掻いた。

「闇太閤さまは、それくらい、怖いお方なんですよ」

「怖いお方なのはわかるが、千両を受け取ろうとしなかったのは変だろう。千両を受け取ってから御堂をふっ飛ばし、残りの奴らを始末するのならわかるがな」

「千両、持参してこなかったって、わかったからじゃないですか」

「確かめもせずにか」

「持参してねえって、わかったんですよ」

「闇の中だぞ」

「だから、闇太閤さまにはお見通しなんでさあ」

「お見通しねえ……で、子供は何処だ」

勘十郎は廃屋敷を見回した。

「さあ、どこですかね」

紋吉が生返事をしたため、

「馬鹿、さっさと探せ」

紋吉の頭を手で張ってから、勘十郎は焼け落ちた御堂に向かった。

「おめえらも、探せ」

紋吉も子分たちに命じたが、焼け落ちた御堂の中に仲間の亡骸《なきがら》を見てしくしくと泣き始めた。

「泣くのは後回しだ」

勘十郎は鐺の石突で残骸を避けながら、子供を捜した。

すると、

「おお」

子分たちの声が聞こえた。

「こっちですよ」

子分の声のする方へ行く。

そこは、祭壇の下であった。燃えた祭壇の狭間《はざま》に男の子の亡骸が横たわっていた。黒焦げの無残な亡骸であったが、子分たちのように爆風で手足がもげていないのが、せめてもの救いである。

近くに木の箱があり、火薬が残っている。木箱には紐が結んであったのだろう。忍びが外から火をつけ、火薬を爆発させたに違いない。

「むげえな」

さすがに紋吉も重々しいため息を吐いた。

勘十郎は剝き出しとなった地べたに鐺の石突を突き刺し、両手を合わせた。

「坊主、成仏《じょうぶつ》するのだぞ。おれが、必ず仇《かたき》を取ってやるからな」

勘十郎は小太郎の亡骸に誓った。

次いで、紋吉に、

「おめえも、子分たちの仇を討ってやりたいだろう」

「そりゃ、そうですよ」

「だったらな、闇太閤の居所を突き止めろ」

勘十郎が命じると、

「わかりましたぜ」

紋吉は目を大きく見開いた。

「よし、坊主を家に帰してやるか」

勘十郎は荷車を調達してこいと言いつけた。

程なくして子分が荷車を引っ張って来た。

勘十郎は羽織を脱ぎ、小太郎の亡骸をくるむと、荷車に乗せた。

「向坂の旦那、きっと、闇太閤を見つけてやりますよ」

「その意気だ」

勘十郎は言った。

夜道を勘十郎は荷車を引いて浅草風雷神門の前にある備前屋へとやって来た。さすがに、小太郎の亡骸を与平とお時に見せるのは胸が塞《ふさ》がれた。

与平とお時は一縷《いちる》の望みを持って、息子の帰りを待っているに違いない。

店が近づくにつれ、足取りが重くなる。

しかし、小太郎を家に、二親《ふたおや》に返してやらねばならない。

表通りに面した店は当然ながら雨戸が閉じられている。裏木戸に回る。庭に面した居間の障子に人の影が映し出されていた。

勘十郎は荷車を裏木戸から中に入れた。

その気配で障子が開いた。三次が、

「お帰り……」

と、言葉を途中で止めた。

与平とお時が出て来て、縁側までやって来ると、荷車を見下ろした。

「小太郎だ」

短く勘十郎は告げた。

「ま、まさか」

お時は縁側に膝から頽《くずお》れた。

与平は庭に下りて来て、荷車の側《そば》に立ち、小太郎をくるんだ勘十郎の羽織を丁寧に取り払った。

そして、黒焦げとなった小太郎と対面する。三次は天を仰ぎ絶句した。

与平は震える手で小太郎を抱き上げた。

「小太郎、お帰り」

与平は呟くと、声を放って泣いた。

五

あくる日の朝、

「あっしゃ、見ていられませんでしたぜ」

三次は昨夜の与平、お時夫婦と亡骸となった小太郎の対面を思い出して語った。

語り終えると、

「闇太閤の野郎、許せませんよ」

憤りを示した。

「紋吉の奴、役に立てばよいが。どうも、頼りないぞ」

「ありゃ、抜けてますぜ」

躊躇《ためら》いなく三次もくさした。

「なら、おれたちで闇太閤を探すか」

「いや、そりゃ、紋吉や御奉行所に任せた方がいいですよ」

三次は右手をひらひらと振った。

「金にならんことは、せん方がいいか」

皮肉のつもりで言ったのだが、

「そういうこってすよ」

大真面目に三次は答えた。

「まったく、おまえって奴は……」

勘十郎は呆れたように三次を見返した。

三次は動じることなく、

「それより、勘さま、そろそろ、萬相談を引き受けないと、女将さんの機嫌が悪くなりますぜ」

「ああ、そうだな」

「どうしたんですよ、生返事なんかなさって。闇太閤は紋吉と御奉行所に任せておけばいいですって」

「探索は任せるとしても、どうも、引っかかる事があるのだ」

「何ですよ」

「紋吉にも申したのだがな、何故、闇太閤は身代金を奪わなかったのだろうな」

「さあ、どうしてですかね」

それがどうしたのだというような顔を三次はした。儲からないとわかって、露骨に無関心なのだ。そんな三次に噛んで含めるように勘十郎は言った。

「身代金を受け取ってから小太郎を殺すというのはわかる。でもな、身代金を確かめもせずに殺すものかな。千両をみすみす逃したのだぞ。三公ならそんなことはするまい」

三次も興味を抱いたようで、

「確かに妙ですね」

「どうしてだろうな」

改めて勘十郎は思案を始めた。三次も真面目に考え始め、

「そうだ！」

と、大きな声を出した。

「わかったのか」

三次は自信たっぷりに、

「闇太閤はですよ、小太郎を殺すつもりじゃなかったんですよ」

「間違って殺したと申すのか」

「いや、狙いは紋吉一味にあったんですよ。紋吉一味に何か秘密……そう闇太閤の居所を知られたんで、邪魔になったんですよ」

「ならば、小太郎は巻き添えを食ったということか」

「そういうこって」

「あのな……小太郎は人質だったんだぞ。身代金を得るまでは、大事にしておくはずだ。紋吉一味が邪魔になったとしても、小太郎に巻き添えを食わせるようなどじな真似なんぞ、するものか」

勘十郎に反論され、

「それもそうですね」

あっさりと三次は自分の考えを捨てた。

「わからんな」

勘十郎が繰り返すと、

「闇太閤を捕まえればはっきりしますよ」

「それはそうだがな」

勘十郎は顎を掻いた。

そこへ紋吉がやって来た。

「おう、闇太閤の居所がわかったのか」

早速勘十郎が問いかけると、

「いや、まだですがね」

紋吉はすんませんと謝った。

「なら、どうしてのこのこと、ここへやって来たのだ」

勘十郎に責められ、

「それがですよ、あっしんとこの子分がですよ、ちょいと妙なことを聞いてきたんですよ」

「どんなこってすよ」

三次も興味津々《しんしん》となった。

「小太郎がですよ。与平とお時夫婦の子供じゃないってことなんですよ」

紋吉は言った。

「ほう、そうか。ならば、養子を取ったということだな」

わかり切ったことだという勘十郎の言葉に、

「あの夫婦にはずっと子供ができなかったんですよ」

紋吉が返すと、

「親戚の息子ってことかい」

三次の問いかけを紋吉は首を左右に振り、

「どうもですよ、さるお大名のご落胤《らくいん》らしいんですよ」

勿体《もったい》をつけて答えた。

「まさか、お大名の若さまを養子に迎えたっていうんですか」

三次は大袈裟に驚いてみせた。

「そういうことになりますね」

「まさか、いくら備前屋が大店でも、そいつはちょっと、信じられませんよ」

三次は頭から否定した。

「そんなこと、おいらに言われてもねえ」

紋吉はそれだけ言うと、早々に退散した。紋吉がいなくなってから、

「紋吉の言うことですからね、あてにできませんや」

三次はくさしたが、

「ともかく、確かめるぞ」

勘十郎が言うと、

「ですけど、かりに何処かのお大名の若さまを養子に迎えたとして、それが、今回のかどわかしには関係ないでしょう」

三次は異を唱えて乗り気ではない。

「おまえは来なくていい」

「そりゃ、つれねえですよ」

三次は言ったが、

「まあ、店番もあるだろう。おまえは、ここにおれ」

勘十郎はさっさと離れ座敷を出た。


浅草風雷神門前の備前屋にやって来た。

与平とお時の憔悴ぶりはひどく、店は番頭に任せていた。

母屋の居間で与平と対した。お時は寝間で臥せっているそうだ。勘十郎は少ないがと香典を手渡した。

与平は肩を落とし、

「向坂さまのお力添えに手間賃をお支払いしなければなりませんな」

「いや、それは不要だ」

答えながら勘十郎は三次の顔が浮かんだが、無視した。

「ですが」

与平はそれでは申し訳ないと、一両を勘十郎に押し付けた。それで、気持ちの整理をしたいのかもしれないと思い、受け取った。

「ところで、妙な噂を耳にしたのだ。小太郎についてなのだがな」

ここまで問いかけたところで、

「手前と家内の実の子ではありません」

あっさりと与平は認めた。

「何処かの大名の若さまとも耳にしたが」

勘十郎が問いを重ねると、

「上総国《かずさのくに》、君津《きみつ》藩藤村讃岐守《ふじむらさぬきのかみ》さまの若さまでござります」

与平は言った。

君津藩藤村家は譜代《ふだい》、一万二千石の小藩である。それでも大名であることに変わりはない。分限者《ぶげんしゃ》とはいえ、商人の家が養子に迎えられるわけがない。

「養子にお迎えしたわけでございますが」

与平はここで言葉を止めた。

勘十郎は他言しないと約束をした。

「双子《ふたご》でございます」

静かに与平は告げた。

この時代、武家において双子は忌《い》み嫌われる。弟が養子に出されるのが慣例となっていた。

「手前どもは、藤村さまに出入りさせていただいておるばかりか、申し上げにくいのですが、多額の金子《きんす》をお貸ししております」

与平は声を潜めた。

つまり、借金を帳消しにする意味もあったのだということだ。

「まだ、小太郎が赤子の折に、養子として貰い受けたのでございます」

それ以来、与平とお時は商人の跡取りとして育てた。

「そうか、そうだったのか」

勘十郎は与平の複雑な思いを知り、言葉が出てこない。

「小太郎の死は、藤村家には報せたのか」

「一応、お報せ申し上げました」

与平は言った。

しばらく考え込んでいたが、

「まったく、申し訳ないことをしてしまいました。いくら、御家とは無関係になったとはいえ、大事なお命をこのような形で失ってしまうとは」

与平は嗚咽《おえつ》を漏らした。

与平が落ち着くのを待ち、

「ところでな、おれはどうしても闇太閤が身代金を受け取らなかったのが気になるのだ」

「そうですな」

与平も見当がつかないようだ。

「ひょっとして、藤村家というのは大坂の陣で、殊《こと》の外《ほか》豊臣家の恨みを買うようなことをしてはおらんか」

勘十郎が問いかけると、

「さて、どうでしょう」

与平は口ごもった。

「闇太閤ははなから小太郎の命を狙っておったのではないかと思ったのだがな」

勘十郎は首を捻った。

「闇太閤が藤村さまへの恨みを小太郎にぶつけたとお考えなのですか」

「そうだ。心当たりないか」

「そうですな……」

与平は思案を始めた。

六

やがて、

「実は藤村さまは、大坂の役の功によりまして、お大名にお取立てになったのでござります。それまでは、大身《たいしん》の身とは申せ、旗本さまでござりました。きっと、大きな手柄をお立てになったのだと思います」

与平は言った。

「どんな功であったのだろうな。おおよそ、藤村などという者の功は聞いたことがないが」

勘十郎は首を捻った。

「さて、さて」

曖昧《あいまい》にごまかすように与平は言葉を濁した。

「ともかく、息子の仇は取ってやる」

そう言い置いて勘十郎は腰を上げた。

備前屋を出たところでお時に呼び止められた。お時はそっと周囲を憚《はばか》りながら、

「この先の稲荷《いなり》でお待ちください」

意味ありげな顔で告げると勘十郎の返事も待たずに、店に引っ込んだ。

勘十郎はその意味ありげなお時の態度に興味を覚え、指定された稲荷へと向かった。

少し待ってからお時が現れた。

「申し訳ございません。このようなはしたない真似をしてしまいました」

お時はこくりと頭を下げた。

「そんなことより、話とは何だ」

勘十郎は気が紛《まぎ》れるように笑みを送った。

「藤村さまのことです」

お時は言った。

「おお、そうか」

勘十郎は身構えた。

「藤村さまは、大坂方を裏切ったお方なのです」

「どういうことだ」

「藤村さまのお父上さまは、豊臣家の用務方をお勤めでござりました。手前どもの先代はその時、藤村さまのお世話になっていたのでござります」

「なるほど、藤村は豊臣の旗本であったのだな。どうりで、聞いた覚えがないはずだ。それはともかく、大坂城の奥向きへの出入りをしておる内に、備前屋と藤村は深い関係になったのだな」

「はい」

「それで、藤村が大坂方を裏切った経緯とはいかなるものだったのだ」

「秀頼さま、お淀の方さまの居場所を徳川方に売ったのでござります」

った。

藤村の先代、広郷《ひろさと》は大坂城の奥向きを記した絵図面を持参して徳川方に降《くだ》ったのだった。

お時は言った。

「そこには、お城の抜け道も詳細に記してござりました」

「なるほど、抜け道も塞がれてしまったのだな」

それで脱出することができず、大坂落城と共に淀殿と秀頼は自害したのだった。そういえば、備前屋の先代、嘉平も絵図面を徳川方に渡したと言っていた。徳川家康は何事にも慎重であった。おそらく、どちらかの絵図だけでは信用せず、二つの図面を見比べて正確を期したのだろう。

「なるほど、豊臣の恨みは深いというわけか」

勘十郎はうなずいた。

「ですから、闇太閤はきっと、秀頼さまの仇を取ろうとなさっておられると思うのです」

お時は怯えた。

「しかし、闇太閤はまこと秀頼の遺児、つまり太閤の孫と決まったわけではないぞ。大いに眉唾《まゆつば》ものだ」

勘十郎は言った。

「そうかもしれません。ですが、こうも考えられませんか。閤太閤は豊臣の恨みを晴らすことを前面に押し出しております。そこで、藤村さまを苦しめんとした」

お時は言った。

「それなら、藤村家に残された方を殺すのではないか」

「閤太閤が鶴千代《つるちよ》君のお命を狙っておらぬとは限りませぬ」

お時は言った。

「それは、そうだが」

勘十郎は顎を掻いた。

「恐ろしいことです」

お時は身をすくめた。

「よく、知らせてくれたな」

「ですから、この一件はこれ以上、深入りされますと、向坂さまご自身が大変に危ないお立場になります」

「忠告、礼を申す」

勘十郎は言った。

「ところで、藤村家の窓口は誰だ」

「藤村さまの御屋敷を訪ねられるのでござりますか」

「参るぞ」

勘十郎が強い意志を示すと、

「用務方の三沢菊五郎《みさわきくごろう》さまです」

お時は言った。

小太郎を養子に迎えることも三沢が持ち込んだものだそうだ。

勘十郎は礼を言って、藤村家の上屋敷へと向かうことにした。

「よく、わかった」

勘十郎は芝、愛宕小路《あたごこうじ》にある藤村家上屋敷の長屋門で三沢菊五郎への取り次ぎを頼んだ。

長屋門脇の潜り戸から身を入れ、屋敷内に入ると、用務方番所で待つよう言われた。中には、商人風の男たちが待っていた。

やがて、初老の侍が入って来た。

「向坂殿は」

三沢は見回すと、勘十郎で目を留め、

「貴殿でござるな。いやあ、まこと、立派な茶筅髷でござる」

三沢は勘十郎の髷を誉めそやした。

「いや、いささか時代遅れと言われるのですがな」

勘十郎も悪い気はしなかった。

「まこと、戦国の気風を残しておられる。ああ、そうじゃ。ひょっとして、鑓の向坂殿のゆかりの方ですか」

「あれは祖父ですな」

「おお、そうでござったか」

三沢は笑みを深めた。

「それで、本日の用向きですが」

勘十郎は切り出した。

「承《うけたまわ》ろう」

三沢は表情を引き締めた。

「小太郎君のことでござる」

「ほう」

三沢は目元を厳しくした。

「闇太閤にさらわれ、殺されたことはお耳にされていよう」

「大変に残念なことですな」

三沢は唇を噛んだ。

「小太郎君の兄上、鶴千代君はご無事なんですな」

「至って、お健《すこ》やかでござります」

「闇太閤は藤村家に深い恨みを抱いておられるとか」

「そうですな。逆恨みです」

三沢は言ったが、

「逆恨みとは申せますまい。あのような形で豊臣を裏切ったのではな」

豊臣を贔屓《ひいき》にするつもりはないが、お時から聞いた藤村家の裏切り行為は許せない。

そんな思いがあるゆえつい非難めいた言葉となってしまった。

「いや、これは手厳しい。わたしの口からは、なんとも。しかし、鐀の向坂さまから見れば当家を蔑《さげす》まれることでしょう」

「それはともかく、闇太閤の恨みを晴らす対象が藤村家ということですな」

「それゆえ、当家では闇太閤に用心して、それはもう、厳重な警護をしておるわけでございます」

「なるほど」

探るような目で勘十郎は言った。

「まこと、闇太閤、早く、捕縛されないことには、枕を高くして眠れませぬ」

三沢は言った。

「国許に鶴千代君を送るわけにはいきませぬからな」

大名の妻子は江戸にいることを義務づけられている。

ここで三沢は、

「では、これにて失礼致す」

急ぎの用があるようだが、まだ話の途中ではないかと勘十郎が不満の色を顔に表すと、

「実は、殿が病に臥せっておられましてな。医師と、殿の治療、薬について、話をしなければならぬのです」

「ああ、そうでござったか。では、これで失礼致す。藤村さまの病、平癒を祈念申し上げる」

勘十郎は一礼し、立ち去った。

その少し前、三次は意外な人物の訪問を受けていた。

「こりゃ、北町の旦那……蔵間さまでしたね」

「そうだ、蔵間錦之助だ」

錦之助は微笑んだのだが、いかつさが際立ってしまった。それでも、三次は愛想よく、

「さあ、どうぞ、と言いましてもね、あいにく勘さまは不在なんですがね」

などと言いながら茶を淹れた。

錦之助はそれをぐいと飲み、

「いや、本日参ったのはな、浅草を根城にしておる紋吉一味をとっちめてやったのだが、紋吉の奴、自分は向坂さまの子分になったのだと、だから、お手柔らかにお願いします、などと申しおってな」

錦之助はその真偽を確かめに来たのだった。

「そりゃ、本当ですよ。紋吉の奴、闇太閤に子分を殺されて、その仇討ちってこともあるんですがね、勘さまに男惚れして、以来、勘さまの手足となっていますよ」

誇らしそうに三次は言った。

「そうか、嘘ではなかったのだな」

「どうなさるんですか」

「おまえも、よく存じておるように、江戸はとかく物騒だ。野盗、辻斬り、盗っ人が横行しておる。そこで、毒を以って毒を制しようと、無頼者を活用すべしという声が上がっておるのだ」

錦之助は言った。

「なるほど、お上《かみ》にも頭の柔らかいお方がいらっしゃるんですね」

と言ってから、口が滑りましたと三次はぺこりと頭を下げた。

錦之助は咎めることなく、

「それでだな、改めて向坂さまにお願いに上がるつもりだが、野盗どもの束ね役をやってもらえないだろうか」

錦之助は言った。

「そりゃ、面白そうだ。勘さまも乗り気で引き受けると思いますぜ。でもね、それには手間賃を頂かないとね」

三次は算盤を手にした。

「もちろん、それなりに手間賃を払うつもりだが、奉行所から表立っての支給というわけにはいかぬ」

「そりゃ、そうだ。奉行所が野盗に禄を払うわけにはいきませんものね」

三次は笑った。

「その辺のことはおいおい詰めるとして、おまえからこの話をしておいてくれ」

「わかりました。ところで、御奉行所がそこまでして、野盗に躍起になっておられるのは闇太閤ですか」

「そうだ。闇太閤、とんでもない悪企みをしておるようだからな」

「御奉行所は。闇太閤が本当に豊臣秀頼の遺児だと思っていらっしゃるんですか」

「まさかとは思っておるがな、何か豊臣家所縁《ゆかり》の者なのかそれとも、勝手に騙《かた》っておるのか。いずれにしても、御公儀に反逆せんとする者だ」

錦之助の目が尖《とが》った。

いかつい顔が際立つ。

「悪企みっていいますと、どんなことですかね。たとえば、江戸を火の海にするとか、将軍さまを暗殺するとか」

「それを探っておるのだがな、闇太閤、その名の通り、闇に溶け込み、正体を現さない」

困ったと錦之助は言った。

「しかし、闇太閤が普通の野盗たちと違うというのは、どういうことなんですかね」

三次の問いかけに、

「豊富な武器だ」

その恐ろしさゆえ、表沙汰にはしていないという。

「実はな」

と語ろうとしたところで、

「よお」

勘十郎が帰って来た。

錦之助は丁寧に挨拶をした。三次が錦之助来訪の説明をした。

「ほう、そりゃ、面白そうだな。しかしなあ、要するに野盗の頭目ってことだろう」

勘十郎は顎を掻いた。

三次が、

「そりゃ、まあ、平たく言えばそうなりますかね」

「硬く言ったって同じだ」

勘十郎に言われ、三次は面目ござんせんと、頭を下げた。

「ま、それはいいさ。それよりもだな、闇太閤のやり口というのを聞こうか」

勘十郎が話題を向ける。

錦之助は身構え、

「武器と申しますか、鉄砲や火薬を豊富に所持しております。大筒《おおづつ》も所持しておるとか」

「そりゃ、すげえや」

三次はやたらと感心したが、

「大筒まで所持しておるとは、小さな大名など、太刀打ちできぬな」

勘十郎が言うと、

「勘さまなら、鑓でたちまち退治ですよ」

調子のいいことを三次は言った。

「馬鹿、おれだって大筒の弾を食らったら、吹っ飛んでしまうさ。それより、闇太閤、どうやってそんな武器を所持しておるのだ」

「南蛮《なんばん》、ポルトガルの船から密かに手に入れておるようですよ」

「ポルトガルか。そういえば、大坂の陣の時も、豊臣方にポルトガルは加担する向きを示したな」

勘十郎は言った。

「ほう、そうなんですか」

三次は感心なさそうだ。

手間賃帳を取り出して、あれこれと、算盤勘定をし始めた。

「まだ、江戸市中では大筒はそんなに使っておりませんがね、東海道の宿場や村ではそれはもう、大筒で壊された商家や武家屋敷が後を絶たないそうなんですよ。ですから、いつ江戸でもそんな物騒な騒ぎをしでかすんじゃないかって」

錦之助は戦々恐々となっている。

「こりゃ、戦《いくさ》ですね」

三次の言葉は満更《まんざら》冗談ではないようだ。

「しかし、闇太閤が荒らしまわるといっても、何処に出没するかもわからんではないか。せいぜい、警戒するしかあるまい」

勘十郎は冷めた口調で言った。

「それでも、地道に探索するしかありませんな」

錦之助は腰を上げた。

錦之助が去ってから、

「闇太閤の行状、大胆不敵と申すか、ずいぶんと派手だな」

「凄いですよね。ほんと、大筒、鉄砲、弓、鑓、遣《つか》い放題じゃございませんか。人殺しをなんとも思っていませんや。いやあ、怖いですよ」

三次は怖気《おぞけ》を震《ふる》った。

「それにしても……」

勘十郎は首を捻った。

「どうしたんですよ。なんだか、この前から首を捻ってばかりですよ」

三次が指摘すると、

「いや、備前屋の倅のかどわかしだ」

勘十郎は言った。

「まだ、拘《こだわ》っているんですか。小太郎には気の毒なことをしましたよ。だからこそ、闇太閤を退治してやるんですよ。それが、小太郎の仇討ちになるじゃありませんか。だから、かどわかしの一件からは手を引いてくださいよ。勘さま、意外に諦めが悪いんですね」

三次は肩をそびやかした。

それでも、

「小太郎のかどわかしだがな、闇太閤らしくはないぞ。派手さに欠ける」

手を引こうとしない勘十郎の疑問を、

「そんなことありませんよ。ど派手に爆薬を使って紋吉の子分たちをふっ飛ばしたじゃござんせんか」

三次は反論した。

「それはそうだが、おれが解《げ》せぬのはだ。闇太閤にしては、子供のかどわかしなんぞ、ずいぶんと地味ではないか」

「子供をかどわかしたのは地味でも、千両という大金を奪おうとしたじゃござんせんか」

「そこだ！」

勘十郎は声を大きくした。

三次が仰《の》け反《ぞ》った。

抗議の目を向ける三次に、

「身代金を闇太閤は受け取ろうとしなかった。わざわざ紋吉に受け取らせようとしたのだが、それを確かめようとはしなかったのだぞ」

何度となく繰り返してきた疑問を、勘十郎は改めて持ち出した。

「そこまで勘さまが拘るってことを考えますすと、おかしな気がしてきましたよ。すると、どういうことになるんですかね」

三次は首を捻った。

「ま、大体、絵図はわかったがな」

「どういうこってす」

「よし、備前屋に行くぞ。三公はどうする」

不意に勘十郎は言った。

「もちろん、ご一緒しますがね、なんだか、あっしにはわかりませんや」

三次は戸惑いを隠せない。

そこへ、

「勘さま、これ、どうぞ」

お里がぼた餅を持って来た。

「こいつは、ありがてえや」

三次は目を輝かせた。

「うむ、うまいな」

勘十郎もついついぼた餅を手に取り、食べるのに夢中になった。

「ところで、勘さま、お家賃なんですけどね」

お里は切り出した。

「いくら、欲しいのだ」

気さくに勘十郎は問うた。

「三両、月々お願いします」

お里の申し出を、

「いいぞ」

事もなげに勘十郎は引き受けたのだが、

「ちょっと、待ってくださいよ」

あわてて三次は反対した。

それを無視して、

「なら、お願いしますね」

お里はさっさと行ってしまった。

「勘さま、ぼた餅で言いなりですよ」

批難がましく三次は算盤球をじゃらじゃらと弾いた。

七

勘十郎は備前屋にやって来た。

日輪は西に傾いており、備前屋は茜に染まっていた。

与平と居間で面談に及ぶ。

「何度も、ご足労を頂きましてありがとうございます」

その言葉には迷惑だという気持ちが滲んでいた。

「いや、どうも気になることがあってな」

「やはり、身代金のことでございますか」

「そうだ」

「闇太閤が身代金を受け取らなかったのが、そんなにもおかしいですか」

「そうだ。何よりも小太郎をかどわかすなど、闇太閤にはふさわしくない悪行だ」

「はあ」

「つまりな、このかどわかしは、かどわかしではなかったのだ。つまり、小太郎はかどわかされたんじゃなかったということだ」

勘十郎は相違あるまいと与平を見据えた。

「はあ、そんなことはありません。小太郎は闇太閤にかどわかされたのです。あの御堂に押し込められ、火薬で吹き飛ばされたのです」

声を上ずらせ与平は語る。

「それも引っかかったんだ。あの爆発だ。火薬は祭壇に仕掛けてあった。御堂が吹き飛んだ時、中にいた紋吉の子分二人の亡骸は手や足が吹き飛んだ、それは無残なものだった。ところが、火薬の側《そば》にあった小太郎の亡骸は黒焦げではあったが、五体は無事であった」

「それは、運ではございませんか」

与平の声がしぼんでゆく。

「運とは思えんな」

「しかし、それで、闇太閤にかどわかされたのではないとは申せませぬ。何しろ、忍びが棒手裏剣を放ったのです。忍びを使う野盗など、闇太閤以外、考えられません」

勘十郎の疑惑を吹き飛ばさんとしてか、与平は言葉に力を込めた。

「なるほどな……」

勘十郎は二度、三度、うなずき小さくため息を吐いた。

与平は頬を緩め、

「おわかり頂けたようですな」

「語るに落ちたな」

勘十郎は薄笑いを浮かべた。

「はあ……」

口を半開きにし、与平は視線を泳がせた。

「備前屋与平、語るに落ちるとはおまえのことだ」

鋭い声を発し、勘十郎は立ち上がって与平を見下ろした。与平は口を閉ざした。

「忍びが棒手裏剣を使ったなど、おれはおまえに申しておらんぞ」

「それは……読売で読んだのです」

「三公はな、読売好きゆえ、よく買ってまいるのだが、小太郎が闇太閤にかどわかされた記事は載っておったが、棒手裏剣を使った忍びのことなど出ておらなかったぞ」

「どこかで耳にしたのです」

「普通は忍者が使う手裏剣と聞けば、卍《まんじ》手裏剣を思い浮かべる。棒手裏剣など、その場におったか、あの廃屋敷に出没した忍者を見知っておる者にしかわからぬわ」

「そ、それは……」

勘十郎を見上げ、与平は口をふがふがとさせた。

「観念しろ。何もおまえを糾弾しようとは思わぬ。奉行所に突き出す気もない。なにせ、藤村家は改易《かいえき》になるかもしれぬものな」

表情を柔らかにし、勘十郎は言った。

与平はうなだれた。

勘十郎が腰を落ち着けたところで、

「お見通しの通りでございます」

「あの黒焦げの亡骸、小太郎ではなく、鶴千代君なのだな」

「その通りでございます」

与平は認めた上で真相を語った。

小太郎の双子の兄、鶴千代は十日ほど前、急な病で命を落とした。運が悪いことに藤村家の当主道昌《みちまさ》も重態の床《とこ》にある。いつ死んでもおかしくはない状況にあって、跡継ぎがいない。改易を恐れた重臣たちは養子に出した小太郎を鶴千代の身代わりに立てようと企てた。

鶴千代を黒焦げにし、御堂の祭壇に忍びが置き、闇太閤の仕業と見せかけたのだ。火薬が爆発してから、祭壇に置いたため、五体が吹き飛ぶことはなかった。

「お内儀さんは知っているのか」

「いいえ、あれには内密でございます」

「よく、承知したな。藤村家への義理か」

「藤村さまには先代より、お世話になっております。共に豊臣家を裏切った仲という忌まわしい過去もございます。それに、小太郎にとりましても、商人で終わるよりはお大名となる方が幸せだと思ったのです」

「小太郎は承知したのか」

「あれは賢い子です。初めの内は、母親と別れるのを嫌がってはおりましたが、わたしの説得に応じてくれました」

「お内儀さんには話すのか」

「さて、決めかねております」

「あんたは、小太郎を戻して良かったのか。商い上はいいんだろうがな」

「元はといえば藤村さまの御子ですから、お話を頂いた時はこれも商いの内だと割り切ったのです。小太郎のためにもなると、自分を納得もさせました。去る者、日々に疎《うと》し、でございますしね。しかし、日が経《た》てばかえって小太郎が思い出され、夢に見ぬ日はございません」

与平は目に涙を浮かべた。

「ともかく、おれはこのことを公言はせぬ」

勘十郎は腰を上げた。

「ありがとうございます」

与平は両手をついた。

備前屋を出ると、日がとっぷりと暮れていた。秋の日は釣瓶落《つるべお》としだ。夜空には星が瞬いている。

吹く風は日に日に冷たくなり、肌寒い。

「去る者、日々に疎し、か」

この言葉、勘十郎が蜂谷柿右衛門にも言った。向坂家の者たちは勘当された勘十郎のことなど、やがて忘れるだろうとうそぶいたのだが、与平のように、懐かしさを募らせているのだろうか。

「いかん」

星空を見上げていると感傷に浸ってしまった。

あの父が、怜悧極まる能吏、大目付向坂播磨守が、勘当した息子に未練を抱くはずはない。

勘十郎は路傍の石ころを蹴飛ばした。

第三話　辻捕《つじと》り旗本

一

ひ弱そうな男が相談にやって来たのは、秋も深まった神無月《かんなづき》十日の昼下がりだった。

黄落《おうらく》した銀杏の葉と紅葉《もみじ》した紅葉の葉が庭で混ざり合っている。几帳面な会津の三次は毎朝箒で掃き寄せ、銀杏と紅葉を分けていたのだが、風が吹けば混ざり合う、次々に葉は落ちるとあって、ついには諦め、落下するに任せるようになった。

すると、銀杏と紅葉が斑《まだら》模様を造り、何とも言えぬ風情《ふぜい》を漂わせるようになった。

向坂勘十郎などは、

「せせこましく手を入れるより、天に任せておけば、時節の装いを示してくれるということだ」

などと、自分の大雑把さを肯定するかのような達観《たっかん》を示している。

そんな晩秋が訪れている庭に若い侍が立ち尽くしている。品《しな》定めするように三次は濡れ縁に立ってしげしげと見下ろした。

身形《みなり》は悪くはない。羽織、袴はぴったりとし、月代も髭もきれいに剃ってある。歳の頃は二十二、三といったところか。青白い面差《おもざ》し、視線が定まらずおどおどしている。腰の大小が不似合いだった。

「ようこそ、いらっしゃいました」

満面に作り笑いを拡げ、辞を低くして案内に立った。

「お履物をお脱ぎになって。ちょいと、滑りますんでね、お気をつけになってくださいね」

などと注意を喚起しつつ先導して階を上り、

「勘さま、相談者さまですよ」

と、快活に声をかけた。

若侍は三次の忠告にもかかわらず、濡れ縁に足をかけたところでつまずいてしまった。どうにか転倒は免れ、腰の大刀を鞘ごと抜いて右手に持った。

腕枕で寝そべっていた勘十郎はむっくりと半身を起こし、大きく伸びをした。

「失礼致します」

折り目正しい所作で若侍は声をかけ、座敷の中に入った。三次も続き、部屋の片隅で控える。

「遠慮なさらないで、何でも相談なすってくださいね。こちらの向坂勘十郎さまにできない相談事はありませんから」

調子のいいことを三次は言い添えた。

ところが勘十郎はあくびをし、眠そうに目をしょぼしょぼとさせている。三次は一瞬、顔をしかめたがすぐに目元を緩め、

「勘さま、昨晩は野盗の見回りで遅かったですからね、お疲れですよね」

三次の方便《ほうべん》を、

「いいや、夜回りなんぞしておらんぞ。昨夜はぐっすり寝たんだが、いくら寝ても寝足りぬ。暇だから余計だ」

勘十郎は平気でぶち壊した。

それでも、若侍は恐縮して、

「ご多忙中、畏れ入りますが……」

と、気遣《きづか》ったのだが、

「だから、暇だと申しただろう」

またも勘十郎は台なしにした。

三次が、

「相談事に入ってください」

若侍はうなずき、

「拙者、直参旗本川村新五郎《かわむらしんごろう》と申します」

律儀にも川村は、背筋をぴんと伸ばして挨拶をした。

川村家は五百石の下級旗本で、今年の春、父の死去に伴い家督を継いだ。現在は母と二人暮らしだそうだ。

「本日、お願いに参りましたのは、文恵《ふみえ》殿を……あ、いや、その、直参旗本荻生田《おぎゅうだ》兵庫輔《ひょうごのすけ》殿のご息女ですが、その文恵殿を取り戻して頂きたいのです。お願い致します。文恵殿を……文恵殿を荻生田殿の御屋敷に返してください」

日々、寒くなっているというのに、川村は汗だくとなって言い立てた。

三次が首を傾げ、勘十郎を見た。

川村は要領を得た説明ができていないことに気づいていないようだ。風貌通り弱々しく、哀れみよりもどかしくなる。

三次が、

「川村さま、申し訳ありませんがね、どうも、話がよくわからないんですよ。その、文恵さまってお方はどんなお方で、取り戻すってのは、どなたからですか」

「ああ……これは失礼致した。拙者、どうも、要領が悪くていけませぬ」

川村は懐紙《かいし》で額の汗を拭いた。

三次がお茶を淹れ、羊羹《ようかん》を添えて出す。

「まあ、茶でも飲んでください。煙草はいかがですか」

落ち着かせようと三次は煙草盆を差し出した。

「いや、煙草は、あ、でも、そうですな」

川村は茶を飲み、羊羹を食べ、煙草を吸った。緊張が解《ほぐ》れていないのか、煙草にむせ、羊羹を喉に詰まらせる始末だ。

「ちょいと、川村さま、茶も羊羹も煙草も一緒じゃいけませんよ。どれか、一つになさらねえと」

三次に注意され、

「すみません」

殊勝《しゅしょう》に頭を下げる。

落ち着くまで勘十郎は辛抱強く待った。

「もう、大丈夫です」

川村は断りを入れてから話を再開した。

「実は、拙者には文恵殿という許婚《いいなずけ》がおります。先ほど申しましたように、荻生田兵庫輔殿のご息女です。今年の春には婚礼を挙げる予定でおりました。ところが、一年前の今時分のことでございます」

文恵は菩提寺《ぼだいじ》である芝の浄土宗の寺院、妙庄寺《みょうしょうじ》に参詣の帰途、大下剛蔵《おおしたごうぞう》に連れ去られたという。

「大下はかねてより素行が悪いと評判の男で、喧嘩、争い事が絶えませぬ。乱暴者だけありまして、腕っ節は滅法《めっぽう》強いのです。名前の通りの剛の者でございます。ただ、旗本奴《やっこ》と違いまして徒党を組んだりはしません。気の合う者がいないのかもしれませぬが」

旗本奴は派手な身形をして徒党を組み、乱暴を働く者たちだ。旗本ばかりか中間《ちゅうげん》や小者といった奉公人も集まって、我が物顔で市中をのし歩いている。

「その乱暴者大下何某《なにぼう》に許婚をさらわれたということか。しかし、一年も前なのだろう。どうして、今頃、取り戻したい気になったのだ」

勘十郎が問いかけた。

「実は文恵殿が大下にかどわかされたとは、当初はわからなかったのです。それが、十日ほど前、荻生田家の奉公人が芝で文恵殿を見かけたのです」

奉公人は文恵が大下の屋敷に入ってゆくのを確かめた。

「大下は辻《つじ》捕《と》りだと周囲に吹聴《ふいちょう》しておるのだとか」

辻捕りとは、往来で見初《みそ》めた女を力ずくで連れ去り、そのまま自分の女房とする行為をいう。もちろん、御法度《ごはっと》ではある。許されはしないのだが、一方で一人歩きをする女にも責任があるという声もある。戦国の気風が残る、この頃、辻捕りがあってもおかしくはない。

町奉行所も辻捕りに介入するようなことはなかった。従って、川村は勘十郎に助けを求めに来たのだろう。

「文恵殿は美人か」

無遠慮な勘十郎の問いかけに川村は頬を赤らめ、

「拙者の口から申すのもなんでござりますが、色白で瓜実顔《うりざねがお》、旗本小町と評判の美人でござります。文恵殿が許婚であると、拙者は随分と羨ましがられたものです」

ぬけぬけとのろけた。

勘十郎と三次は苦笑した。

「大下も文恵殿を見初めておったというわけだな」

「大下の屋敷、荻生田家の菩提寺、共に芝ですから、大下は参詣に訪れる文恵殿を見かけ、見初めたのだと思います」

表情を引き締め、川村は言った。

「文恵殿のお父上は何と申しておられる」

おもむろに勘十郎は問いかけた。

川村は苦渋の表情となった。再び額には大粒の汗が滲み、畳にぽたりと落ちた。うなだれて、口をもごもごと動かしている。勘十郎は舌打ちをして、

「おいおい、はっきりしない奴だな。おれはな、あんたの面白くもない相談を聞いてやってるんだぞ。愛しの文恵殿を取り戻して欲しいのだろう。だったら、肚《はら》を割ってくれよ。おれはな、無頼の徒じゃないんだ。いきなり、大下の屋敷に乗り込んでいって、力ずくで文恵殿をかっさらうなどできぬ。それでは、大下と同じだからな」

川村はゆっくりと顔を上げ、

「荻生田殿は諦めておられます。つまりその、言い辛いのですが……」

いかにも奥歯に物が挟まったような物言いとなったが、勘十郎が強い眼差しを向け

ると、

「もう、文恵は娘にあらずと……荻生田殿は申されました」

「傷物になった娘には未練がないということか」

言い辛いことを勘十郎ははっきりと口に出した。

「まあ、そういうことです」

川村は唇を嚙んだ。

「そりゃ、困りましたね」

三次は同情を示す。

「文恵殿には兄弟はおるのか」

「弟、清史郎《せいしろう》殿がおります」

「川村さん、あんた腕ずくで取り戻そうとは思わなかったのか」

勘十郎が問うと、

「そんなことができましたら、こちらに相談にはやって参りません」

両手で頭を抱え、川村は答えた。

「川村さまじゃ無理ですよね」

思わず三次も同意した。

が、川村と目が合い、

「どうも、すみません」

と、頭を掻く。

川村は力なく首を左右に振った後、

「向坂殿、どうか、文恵殿を……」

と、両手をついた。

「萬相談所を開いているからには、引き受けはするが、そうだな……文恵殿が、もしも、戻りたくないとしたらどうする」

勘十郎の問いかけに川村は目を丸くし、

「そのようなこと、断じてありません。文恵殿があのような乱暴者の側《そば》に居たがるはずがありません。きっと、助け出される日を夢見て、艱難《かんなん》に耐え忍ぶ日を送っておられるのです」

むきになって川村は言い立てた。

勘十郎は小さくため息を吐き、

「わからないぞ。女っていうのはな、力ずくで操《みさお》を奪われると、たとえ、好いてはおらんでもなびくこともあるのだ」

「そういうものでしょうか」

不安げに川村は問い返した。

「そういうもんだろう、なあ、三公」

勘十郎は三次に問う。

「人によるんじゃないですかね。川村さま、もっとご自分に自信をお持ちになった方がいいですぜ」

三次は川村を励ました。

「どうするのだ。文恵殿が戻りたくないと申したら、諦めるのか。それとも、大下のように力ずくで連れ去るのか。相談者たるおまえの意向次第だ」

勘十郎は問いかけた。

川村が答える前に、

「ちょいと、あっしが様子を見に行ってきましょうか」

三次が口を挟んだ。

川村は迷う風だったが、

「おお、それはいいかもしれぬな」

勘十郎がそうしろと決めた。

　すると川村は、

「三次殿、では、よろしくお願い申し上げます」

　丁寧に申し出た。

「三次殿は勘弁してくだせえよ。三次でいいですからね」

　三次に言われ、

「ですが、物を頼む以上は……」

　妙に義理堅い川村に、

「とにかく、三次殿はやめてください。尻がこそばゆくなりますんでね。ま、それはいいとして、大下ってやつの住まいを教えてください」

「ならば、拙者も同道致します」

「そりゃ、その方がいいんですけどね」

　三次は勘十郎を見た。

「そうだ、他人任せにするな」

　勘十郎も川村に三次に同道するよう求めた。

「ご足労をおかけ致す」

　川村は一礼してから立ち上がった。

三次が出て行ってから、勘十郎は暇を持て余し、一眠りしようとしたところへ、茂三がやって来た。

「ご繁盛ですかな」

小柄な身体を更に縮こませ、茂三は勘十郎の前に座った。

「まあまあだ。ああ、そうだ。おまえ、女房との馴《な》れ初《そ》めを聞かせろ」

唐突な勘十郎の問いかけに、

「ええっ、何でございます」

茂三はきょとんとなった。

「聞いていなかったのか。あのどけちな女房との馴れ初めを問うたのだ」

勘十郎はあくびをした。

「まあ、それはよろしいじゃございませんか」

「照れておるのか、その面《つら》で」

言いたい放題の勘十郎に照れていないと前置きしてから茂三は、

「馴れ初めも何も、手前は婿《むこ》養子でございますよ」

「ふ〜ん、そうだったのか。ま、そう言われてみれば、おまえは、婿養子の面《つら》をしておるよ」

「尻に敷かれておりますからな」

へへへと茂三は頭を掻き、自分の経歴を語った。茂三は十三歳の時、銀杏屋に小僧として奉公に上がった。ひたすら、真面目に働いた甲斐あって二十五歳で手代になった。手代となってからも得意先を増やし、店に貢献した。そして、三十歳になり、そろそろ番頭になって所帯を持とうと思っていた矢先に、

「お里が出戻ってきたんですよ」

お里は嫁入り先の姑《しゅうとめ》とうまくいかず、出戻ってきたのだそうだ。それで、父親である先代の主人からお里の婿養子にならないかと誘われた。

「特別、好いた女もおりませんでしたし、旦那への義理も感じていましたし、銀杏屋の主人になるのも悪くないって思いましてね、承知したってわけでして」

今から七年前のことだそうだ。

「そういうことか」

勘十郎は納得した。

「ところがですよ。婿養子の悲しさ、銭、金は自由になりません。先代の旦那が三年前に亡くなって、これで、多少は自分の裁量で金を使えると思ったんですがね、お里

にがっちり握られて……働き詰めっていいますか、手代の時と変わりゃしない。いや、手代の時の方が独り身で気儘《きまま》でしたから、むしろ、良かった……あたしも、これで、苦労しているってわけですよ。おおっと、今のは聞かなかったことにしてくださいね」

長々と愚痴《ぐち》ってから茂三は首をすくめた。

「勘さまは、縁談のお話がおありでしょう」

「まあ、なくはないが。勘当の身となっては縁談など持ち込まれぬ。気楽なものだな」

勘十郎はがははと笑った。

「お独りがよろしいですよ」

しみじみと茂三は言った。

二

三次は川村の案内で芝の町人地にやって来た。

「ここに大下の屋敷があるんですか」

三次は周囲を見回したが、武家屋敷らしき建物はない。代わりに野原が広がり、掘っ立て小屋がいくつか建ち並んでいた。

その小屋を川村は遠目から一軒ずつ覗く。いずれも、煮物を肴《さかな》に酒を飲ませている。昼の日中《ひなか》から飲んだくれている連中の溜まり場のようだ。

「あっ、あいつです」

川村は指差した。

三次が見ると、駕籠かき連中に混じって侍が一人、茶碗酒を飲んでいる。無精髭を伸ばし、羽織、袴を着崩し、縁台にあぐらをかいていた。

目元が赤らみ、大口を開けて周囲の者と談笑している。

「いかにも、荒らくれ者ってお侍ですね」

三次が呆れたように言った。

見るからに、腕っ節も強そうだ。川村が臆するのもわかる。

「どうします」

三次が問いかけると、

「そうだ、大下がここにおるということは、屋敷には文恵殿がお一人かもしれぬ」

「大下がいない間に連れ戻そうってんですね。でも、奉公人とかお身内はいらっしゃるでしょう」

三次が危惧を示すと、

「大下に身内はおりませぬ。ただ、質《たち》の悪い連中がたむろしているようです」

「ごろつきですか」

「その類《たぐい》でしょう」

「と、申しますと、どんな人たちなんですかね」

「牢人、雲助といったところです」

「雲助」

三次は興味を覚えた。

芝口の雲助騒動が思い出される。

「そんな連中を束《たば》ねているのです」

苦々しそうに川村は顔を歪ませた。

「じゃあ、お屋敷に行っても、質の悪い連中が、文恵さまを見張っているってこってすか」

「文恵殿の身が気がかりです」

文恵への未練を川村は隠そうともしない。

「わかりましたよ。様子を見に行きますか」

三次が言うと川村は目を大きく見開いた。


大下の屋敷はそこから五町ほど離れた武家屋敷街の一角にあった。

「あそこです」

川村に言われ、三次は屋敷を覗こうとしたが、黒板塀に囲まれている。しかし、板塀にいくつかの隙間があった。

「ちょいと、覗きましょうか」

川村の返事を待たず三次は隙間から中を覗いた。

屋敷の中はさぞや荒れ放題だと思っていたが、意外にも庭は整えられていた。掃除も行き届いている。母屋の瓦も真新しく葺かれていた。

庭に面した座敷の縁側に座った牢人や雲助などの荒れくれ者の声がする。酒盛りか博打《ばくち》でもしているのかというとそうではない。男たちは、縁側の掃除を始めた。庭の草刈をやり出した連中もいる。

「大下剛蔵ってお方は、きれい好きなんですね。留守中、手下の者に掃除をさせていますよ」

三次が驚きを示すと、

「いやあ、意外です。荒くれ者の大下にこんな一面があったなんて」

川村も驚いているようだ。

「それにしても、無頼の輩が、あんなにも一生懸命、掃除しているんだから、大下ってお方は相当におっかないんでしょうね」

三次の語りかけに、川村は返事をしない。文恵を探すのに夢中なのだろう。

すると、

「手を抜いていないだろうね」

厳しい女の声が聞こえた。

途端に、男たちはぴりぴりとし、尚一層、掃除に精を出した。

奥から女が出て来た。真っ赤な着物に、派手な髪飾りをし、化粧も濃い。おまけに長い煙管《きせる》を咥《くわ》えていた。女郎屋の女将《おかみ》といった風である。

「おはようございます。奥さま」

一人が挨拶をすると、みな、背筋をぴんと伸ばした。しかも顔には怯えの色が浮かんでいる。

女は煙管を咥えたまま、座敷を見て回る。煙草を吸い、白い煙を吐き出すと立ち止まって柱を指でなぞった。

そして、

「ちょいと、埃が残っているじゃないか。誰だい、ここ、掃除したのは」

女が怒りを示すと、みな顔を見合わせて自分だとは言い出せない。

「誰だって、聞いているんだよ！」

語調を荒らげた女の剣幕に気圧《けお》されるようにして、

「す、すんません」

駕籠かきと思《おぼ》しき男が進み出て、頭を下げた。

「手を抜くんじゃないって、何度言ったらわかるの。すぐに、やり直しな」

女は男の横っ面をびんたした。

「か、かんべんしてください」

必死で詫びる男から視線をみなに移し、

「いいかい、手を抜くんじゃないよ。塵一つ落ちてちゃいけないんだ。わかったね」

女は念押しをした。荒らくれ連中が揃ってうなだれた。

「返事は」

女に促され、

みな、一斉に頭を垂れた。

「へい！」

女は煙草の白い煙をぷっと吐き出すと、奥へ引っ込んだ。

三次は板壁から身を離し、川村に向いた。

「なんですか、あの女、ひでえ野郎ですね」

「そ、そうですね」

三次を見返す川村の顔は引き攣《つ》っていた。

「文恵さまも、あの女にいびられているんじゃありませんかね」

「おそらく……」

川村は曖昧《あいまい》に言葉を濁した。

「どうしたんですよ」

三次が問いかけると、川村は表情を落ち着け、

「あの女が文恵殿です」

と、言った。

「ええっ」

三次は驚きの声を上げた。

「あの女、あ、いや、あのお方が……文恵さまなんですか。だって、川村さま、文恵さまは、大下さまの辻捕りに遭ったんですよね」

川村から聞いた印象では文恵はか弱い、女性らしさに溢れる女であったはずだ。今、目にしたばかりの文恵はまるで反対、ごうつく張りの女、男勝りどころか、無頼の者たちを顎でこき使う、とてつもない女傑である。

「驚きましたよ。あんな強いお方だったら、いくら大下って侍が剛の者だって、易々と連れ去られる、なんてことはなかったんじゃござんせんか」

三次の疑問に、

「まるで別人になってしまわれたんですよ」

川村はがっくりとうなだれた。

「別人っていいますと」

「まこと、文恵殿は心優しい娘であったのです。拙者の親も労《いた》わり、それは心優しく、たおやかなお方でありました。それが、あのような女に変わり果ててしまわれた」

川村はがっくりと肩を落とした。

「その、何て言ったら、いいんですかね。いやあ、女は怖いですね」

慰めにならない言葉を三次はかけた。

「いや、なんと申したらよいのか」

川村も戸惑いを隠せない。

「で、どうしますか。勘さまに連れ戻して頂きますか」

三次の問いかけに、

「どうすれば……」

川村も判断をしかねている。

「差し出がましいですがね、あっしが思うに、文恵さま、あの調子じゃあ、川村さんが戻ってくれって頼んでも、戻りゃしませんよ。ここの暮らしにすっかり馴染《なじ》んでいらっしゃる。今更、折り目正しいお武家のお暮らしなんてできると思えません。川村さまだって、あんなお姿になった文恵さまを奥方にお迎えしたいですか」

ここぞとばかり、三次は捲《まく》し立てた。

「しかし……いや、その……」

ただでさえ、優柔不断な川村だけに、強すぎる衝撃にどうしていいかわからず、懊《おう》悩《のう》している。この場に勘十郎がいたら、諦めの悪い奴だと突き放し、さっさと帰ってしまうだろう。しかし、三次は見過ごしにはできない。

相談事の手間賃をまだ受け取っていないことに加え、見捨てられないのだ。何故見捨てられないか聞かれても明確な答えはない。自暴自棄《じぼうじき》を起こした川村が大下屋敷に乱入し、荒らくれ者たち相手に刃傷《にんじょう》に及び、返り討ちに遭う場面が脳裏に浮かぶ。だが、すぐに、川村にそんな度胸はないと否定する。すると、寒空に背中を丸めて家路につく川村の姿が過《よぎ》る。

考え過ぎというか、つくづくお人好しだと自分を責めてしまう。

ともかく、いつまでもここに居るわけにもいかず、

「会ってご覧になりますか」

三次はもう一度、川村の気持ちを確かめた。

「そうですね、いや、会わない方がいいのかも……」

川村らしい優柔不断な態度は変わらない。結論を急がせるのは川村を苦しめることだと思い、

「じっくりお考えください。今、この場で決めなくてもいいですよ」

三次は言った。

心ここにあらずといったように、川村は正面を見つめたまま、

「どうすれば……三次殿、拙者はどうすればよろしいのですか」

問い返してきた。

「いや、あっしに訊かれましてもね」

三次に答えられるはずがない。

すると、

「なんだ、おまえら、今、覗いておっただろう」

背後から野太い声が聞こえた。三次が振り返ると大下剛蔵が立っていた。酒焼けした赤ら顔で三次と川村を睨んでいる。

「いや、何にもしてませんよ」

三次はぺこぺこと頭を下げた。

早く立ち去るんだったという強い後悔が沸き上がる。

「嘘を申せ」

大下は近づいて来た。酒臭い息に三次は横を向いた。川村も顔をそむけ、

「ただ、通りがかっただけでござる」

と、引き攣った顔で言い訳をした。

「怪しい奴らだ。誤魔化《ごまか》されんぞ!」

大下は恫喝《どうかつ》してきた。

耳をつんざくような大声とあって、屋敷から無頼者が何人か出て来た。

「殿さま、どうなさいました」

一人が問いかけてきた。

「こいつら、屋敷を窺っておったのだ。奉行所の手先かもしれんぞ」

肩を怒らせ大下は三次と川村を交互に指差した。

「違いますって」

三次は強く否定した。

川村は怯える余り、言葉が発せられないどころか、歯が噛みあわず、かたかたと鳴らしている。

「中へつれてゆけ」

大下の命令で二人は屋敷の中へと連れ込まれた。

三

その頃、勘十郎は思いもかけない人物の訪問を受けていた。

「勘十郎さま」

という声がかかり、驚いて声の方を見ると一人の娘が立っている。庭の様子に合わせたかのように、薄桃地に紅葉を描いた小袖に紅色の帯を締め、楚々とした佇まいを見せていた。女にしてはすらりとした長身、目鼻立ちが整った美人であるが、口が大きいのが玉に瑕《きず》である。

「好美《よしみ》殿」

声をかけたところで好美はにっこりと微笑んだ。

「よく、ここがわかりましたな」

「それはもう、探しましたわ。柿右衛門殿をしっこく問い質《ただ》して、ようやくのこと、こちらを知ったのです」

口が大きいからではないだろうが、好美はよくしゃべる。

「ま、上がられよ」

勘十郎は好美を離れ座敷に上げた。

好美は座敷を見回し、

「意外と申しては失礼ですが、よく片付いておりますね」

「これでも、客商売をしておるのでな」

「聞きました。萬相談をなさっておられるとか」

「そうだ」

「どのような相談をお受けになるのですか」

「様々だ」

「様々はわかります。ですから萬相談なのでございましょう」

好美にやり込められ、勘十郎は頭をかきかき、

「たとえば、そうだな……辻捕りに遭った許婚を連れ戻して欲しい、とかな」

「まあ、そのような相談まで……では、わたくしも相談に乗って頂こうかしら。勘当に遭った許婚を取れ戻してくださいって」

好美はくすりと笑った。

実は好美、勘十郎の許婚であった。父、大瀬河内守昌好《おおせかわちのかみまさよし》は北町奉行を務めている。勘十郎が勘当されていなければ、来年の春には祝言《しゅうげん》を挙げるはずだった。

「悪い冗談はやめてくれ」

勘十郎は苦笑で返した。

好美は笑顔を引っ込め、

「勘十郎さま、いつまで御屋敷を空けておられるおつもりですか」

「いつまでも何も、おれは向坂家とは関係がない。勘当されたのだぞ」

「きちんと、お父上さまに詫びられればよろしいではありませぬか。親子の間柄です。

心が通じ合えぬことはないと存じます」

諭すような好美に、

「好美殿、おれはもう向坂の者ではない。よって、そなたとも無関係になった」

「これはご無体なことを申されるものですね。勘当されたと、わたくしには一言の挨拶もなく、勝手に雲隠れなさり、このような町家で萬相談などと看板を掲げて、気儘にお暮らしになっていらっしゃる。まこと、ひどいお方ですわ」

息吐く間もなく好美は批難の言葉を並べた。大きな口から繰り出される言葉の洪水に、さすがの勘十郎も圧倒され、

「すまぬ」

と、頭を下げるのが精一杯である。

「わたくしは、今でもあなたさまの許婚でござりますよ」

好美は念押しをした。

「申し訳ないと思っておる」

勘十郎はこの通りだと再び頭を下げて詫びた。

「頭を下げられても、わたくしは許しません」

「しかし、お父上はおれのことなど諦めておられよう」

「父はよいのです」

「おれは向坂家の跡取りではない。今じゃ、牢人だ」

「牢人が妻《めと》を娶ってはならぬという法はござりませぬ」

「やめておかれよ。好美殿であれば、いくらでも良縁はある」

「また、そのように逃げてしまわれる」

　好美は離れ座敷を見回した。見回す内に、目が尖った。

「この座敷、とてもきれいですね。花まで活けてありますわ」

　床の間に飾られた寒椿に好美は目を留めた。

「おいおい、勘ぐるのはよせ」

　勘十郎は頭《かぶり》を振った。

「女子《おなご》ですか。いい気なものですね」

　好美に責められ、

「だから、勘ぐるなって。これはな、おれと一緒に相談所を営む者が几帳面な男でな、その男が整えておるのだ」

「そのお方が女子なのでござりましょう」

「男だと申しておる」

「また、嘘ばっかり。男の方がこんなにもきれいにして、気が利くことなんてありませんわ」

好美は疑いを深くした。

「それが、とてつもなく気の回る男なのだ。これを見ろ」

勘十郎は手間賃帳を好美に差し出した。好美はそれを受け取り、興味深そうに目を通した。

「ずいぶんと、色々と細々としたことを取り決めておられるのですね」

「だから、そういう几帳面な男なのだ。わかったか」

「確かに、この筆遣いは殿方の手によるものでございますね」

「信じてくれたか」

ほっとしたが、考えてみれば、女がいるのだと誤解させたままの方がよかったのではないかと後悔もした。

「好美殿、おれはこのように市井《しせい》に溶け込んで暮らしておる。最早、向坂家の嫡男ではないのだ」

改めて勘十郎は言った。

「今日のところはこれで帰ります。ですが、わたくしは、何度でも参ります」

決意を示すかのように好美は大きな口を引き結んだ。紅が差された太い唇は微妙に蠢《うごめ》き、艶《なま》めいている。

勘十郎は返事をしなかった代わりに、

「ま、その内、忘れる」

という言葉を心の中で呟いた。

「これを」

去り際に好美は紙包みを差し出した。何だと無言で見返す。

「母からです」

好美は言った。

遠慮なくもらっておくことにして、勘十郎は紙包みを懐中に入れた。

「好美殿、悪いことは申さぬ。まこと、きちんとした縁談を調えられよ」

「勘十郎さま、わたくしが嫌いでござりますか」

好美の直截《ちょくせつ》な問いかけに、

「いや、そんなことはない」

声を上ずらせ返すと、

「ならば、また、参ります」

好美は笑顔を残して立ち去った。

もやもやとなって勘十郎はごろんと横になった。


その頃、三次と川村は大下の屋敷の中で責め立てられていた。

「おまえ、なんで覗いておった」

大下が怒鳴る。

「ですから、探ってなんかおりませんよ」

三次が言う。

「とぼけるな」

大下は信じない。

「怪しいですよ」

手下からも疑いの声が上がった。

「本当ですって」

必死の形相で三次は訴えかけた。

「ならば、どうして覗きなどしておったのだ」

大下は責め立てる。

「ですから、探索じゃござんせんよ」

三次は目と言葉に力を込めた。

「嘘つけ」

囃《はや》し立てるように手下たちは声をかける。

「困りましたね。信じてくださいよ」

三次は顔をしかめた。

川村も困ったと呟いた。川村が困ったと言うと、絶望しかないように思えてくる。

「本当のことを申せ」

大下はしつこく容赦はない。

三次が、

「奥方さまですよ。奥方さまが美人だって耳にしましたんでね、そんでもって、つい、お顔を拝みたくなりましてね、それで、覗き見をしてたってわけでしてね」

「まことだろうな」

大下は疑わしそうである。川村はうつむいたままだ。

「本当ですって。だって、そりゃもう、お美しい奥方さまじゃないですか
三次の言葉に賛同する者はいない。顎でこき使う相手をよくは思っていないのだろ

う。

「怪しいもんだな」

大下は首を捻った。

「でも、奥方が美人だってことは本当でござんしょう」

三次は言った。

「そっちもか」

大下は川村を見る。

川村は返事をしない。

「どうなんだ」

大下が怒鳴る。手下が三次と川村を囲んだ。

「本当ですよね」

三次が川村の賛同を得ようとした。

しかし、川村はがちがちになって口を開くことができないでいる。

「怪しいぞ」

大下は手下をけしかけた。

手下は三次の襟首を摑み、

「ほんとのことを白状しやがれ」

と、殴りつけた。

頬を殴られ三次は、

「ひでえな」

と、頬を撫でながら訴えかけた。川村も牢人に囲まれて、脅しかけられた。川村は泣き出さんばかりとなった。

「白状しろ」

大下に迫られ、

「探っていたのではござらん」

川村は必死の訴えも空しく、

「惚《とぼ》けても無駄だ。疑わしきは殺せだ」

酒の酔いのせいか、大下は物騒なことを平気で言う。無頼連中にいいところを見せようという魂胆もあるのだろう。

「わかりましたぜ」

手下が一斉にうなずく。

「誰か、こいつらをやりたいってのはいるか」

大下に声をかけられ、一人の牢人と駕籠かきが名乗り出た。

「よし、やれ」

大下が許した。

駕籠かきは匕首を牢人は刀で三次と川村に向かった。

「やめろよ、人を殺したら首を刎《は》ねられるぞ」

三次が言う。

「そんなことはわかっているさ。お上《かみ》が怖くて、悪行はできねえよ」

駕籠かきはうそぶいた。

「あっしゃ、殺されたらあんたらを恨むよ。祟《たた》ってやるからね。化けて出てやるんだから。末代までもだぜ」

三次、必死の嘆願も虚しく、

「ああ、化けて出てみな」

開き直った駕籠かきは匕首を手に迫ってくる。刃が日輪にぎらりと光った。

四

三次は観念して目を瞑《つむ》った。

「覚悟しな」

甲走った声が発せられた。

すると、

「何、やっているんだい」

大下以上にどすの利いた文恵の声が響いた。

三次は目を開けた。

文恵が凄い形相で睨んでいる。

「この者ら、わが屋敷を探っておったのだ」

大下が言い訳めいた口調で返した。

文恵は三次と川村を見た。川村は顔を上げ、文恵を見つめる。文恵は表情を変えることなく、

「探っていたにしては、どじな男たちじゃないか。こんな奴らが奉行所の密偵なもん

か」

「しかしな、もしもということがある」

大下は抗《あらが》った。

「それで、殺そうっていうの」

「始末するに越したことはない」

「やめときなさい」

ぴしゃりと文恵は言った。

「どうしてだ」

「こんな奴ら、脅しときゃいいんだ。びびって奉行所になんか駆け込まないさ。第一、何も悪いことなんかしていないんだよ。ただdescribed、あんたが拾ってくる、質《たち》の悪い連中がたむろしているだけ。おまえたち、奉行所に行って、妙なこと、告げ口をしないよね。怪しい連中が巣食っている屋敷があるなんて」

文恵に睨まれ三次は、

「言いませんよ、絶対に言いません。閻魔《えんま》大王さまに訊かれたって言いません」

などと口達者らしく饒舌《じょうぜつ》に捲くし立てた。

しかし、大下は、

「こんな奴の言うことなんぞ、信用できんぞ。あることとないこと、訴えるかもしれぬ。今、お上は闇太閤とその一味を捕縛しようと躍起になっている。闇太閤一党の巣窟《そうくつ》を訴え出た者には五十両の褒美が出るそうだ。こいつら、おれたちを闇太閤一味か闇太閤に繋がる者たちだと言うかもしれぬではないか」

「あんた、はみ出し者とはいえ、徳川さまの直参だろう。闇太閤だなんて、疑いをかけられやしないよ。精々、素行の悪さを咎められるだけさ」

「わからんではないか。勘ぐられぬとも限らぬ」

「あんたがね、闇太閤のような大物かい。小悪党のくせしてさ」

「おまえ！」

「何さ！」

手下たちは大下と文恵の言い争いを目を白黒させながら見守っている。誰も災いが及ばないように素知らぬ顔を決め込んでいた。

堪《たま》らず三次が大下と文恵の間に入り、

「まあまあ、その辺にしときましょう。夫婦喧嘩は犬も食わないってね。みなさんだって、困っていらっしゃいますよ、ねえ」

と、手下たちを見回す。

中にはうっかりうなずく者もいて、文恵と視線が合い、慌ててぺこりと頭を下げた。

大下はばつが悪そうな顔になって口をつぐむ。三次はにこにこ笑い、

「奥さま、お怒りを治めてくださいよ」

「あたしは、怒っていないよ。あんたはどうなの」

文恵に詰め寄られ、

「ああ、怒ってはおらぬ」

ぶっきらぼうに大下は言った。

すかさず三次が、

「なら、あっしらもこれで失礼させてもらえますよね」

返事をしない大下の代わりに、

「離しておやり」

文恵が命じた。駕籠かきが三次から離れ、牢人も川村の前から退いた。

「さあ、さっさとお行き」

文恵に言われ、三次は、

「へい、では、みなさん、これで、失礼致します」

と、引き上げようとしたが川村は呆然と文恵を見ている。文恵はくるりと背中を向

け、さっさと行ってしまった。

「川村さま」

三次は川村の着物の袖を摑んで、引きずるようにして連れ去った。

「いやあ、まいりましたね」

三次は川村に言った。

大下が飲んだくれていた掘っ立て小屋である。三次と川村は縁台に並んで腰掛け、茶碗酒を飲んでいた。煮豆は硬くて、やたらとしょっぱい。それはそれで、酒には合っていた。

「文恵殿……」

川村は煽《あお》るように茶碗酒を飲んだ。しかし、見かけ通り、酒は大して強くないようで、一杯で目元が赤らみ、呂律《ろれつ》が怪しくなっている。

「文恵さまのお陰で命拾いをしましたよ」

三次が慰めると、

「文恵殿は拙者を忘れてはいなかったのだ」

川村は言った。

「いやいや、文恵さまは川村さまをお忘れになっていますよ。だってそうじゃありませんか、川村さまを見ても、顔色一つ変えませんでしたもの」

「あれは拙者らを助けるためだったのだ」

未練がましく川村は都合のいい解釈をした。

「そんなことありませんよ」

川村の目を覚まさせようと三次は強い口調で決め付けた。それでも、川村は得心がいかないようで、

「文恵殿のお陰で命が助かったのは事実です」

むきになって言い立てた。

「ですから、あれは闇太閤一味だとか一味に関わっているって、勘ぐられたら大変だってびびっていた大下を、腰抜けだって腹を立てたんですよ。ああ、そうだ。闇太閤の居所を見つけたら五十両の褒美が出るんですよね」

三次は興奮気味に言った。

「そのようですな」

川村は関心なさそうだ。

一方、三次の関心は闇太閤に向き、

「居所を報せるだけで五十両ですよ。退治したら、大変な金が得られるんじゃありませんか。勘さまに言っとかないと……」

「いや、文恵殿は拙者を忘れてはおられん」

川村は三次の言葉など上《うわ》の空である。

というか、二人の話題は嚙み合わなくなった。

「退治したら、百両……いや、百両ってことはない。五百両……千両だってあるかもしれねえや」

三次は捕らぬ狸の皮算用をし、

「文恵殿……」

川村は文恵への未練絶ち難く目に涙を溜めた。次いで、茶碗が空《から》になっていると気づき、お代わりを頼む。

ここでようやく三次が現実に戻り、

「もう、およしになった方がいいですぜ。お身体に障《さわ》りますよ」

「いや、大丈夫です」

三次の忠告に抗い、川村は酒の追加を頼んだ。店の主人が運んできた酒を川村が受け取ってから、

「こちらによくおいでになる、お旗本で大下さまっていらっしゃるだろう」

三次が気さくな調子で声をかけた。

「ええ、ちょくちょくいらっしゃいますよ」

主人は答えた。

「やっぱり、怖いお人なんだろうね」

「まあ、お優しいお方ではありませんがね、うちのような場末の店にいらっしゃるのはありがたいですよ」

「どうして、いらっしゃるのかな。あ、いや、何もこの店にけちをつける気はないよ。ご直参が通《かよ》ってるってことに興味を持ったんだ」

実際、このうらぶれた店の酒はどぶろくだし、煮豆のまずさといったらない。取り得《え》といえば、安いことだけだ。そのせいか、客層も悪い。雲助と称される駕籠かき、牢人、何をやっているかわからない無頼の徒、世の中のあぶれ者が集まっている。

うっかりすると、財布を盗まれそうだし、喧嘩に巻き込まれてもおかしくはない。

実際、身形のきちんとした侍姿である川村は浮いている。

「さあ、よくわかりませんが、ここは居心地がよいとおっしゃったことがありましたな」

主人の言葉とは裏腹に、決して居心地がよくないこの酒場を居心地がいいというのは、自邸の居心地悪さを物語っているのだろうか。整理整頓、清掃が行き届いた清潔感溢れる大下の屋敷は、ここことは正反対である。

ひょっとして、文恵とうまくいっていないのだろうか。あの夫婦喧嘩の様子では仲睦まじいとは言えない。手下を顎で使い、掃除をさせる文恵に息が詰まって、こんなうらぶれた店にやって来るのであろうか。

文恵は言っていた。あんたが連れてくるろくでもない連中……。屋敷に寄宿している無頼の徒はここで知り合ったのかもしれない。

「気の毒だ」

やおら、川村は声を上げた。

「川村さま、諦めた方がいいですって。文恵さまはね、もう、別人なんですよ。すっかり、人が変わってしまったんです」

何度となく三次が説得しても、

「文恵殿はそれはもう、お優しい女性であったのです」

まだ夢見るような面持ちで川村は文恵への想いを語る有様だ。

三次は顔をしかめた。

「文恵殿は、大下という乱暴者に無理強いされて女房となり、苦難の日々を送る内に、いつしかその悲しみ、苦難を、耐え忍ぶには大下に従うしかない、従う内に、大下と伍《ご》す武張《ぶば》った人柄を備えなければならなくなったのだと思います。いや、きっと、そうに決まっています」

川村の目は充血している。

「ごもっともなお考えですがね、もしそうだったとしてもですよ、文恵さまが、元通りの貞淑な武家の妻女にお戻りになるとは思えませんよ」

三次はきっぱりと言った。

「そうであろうか」

川村は呟いた。

「考えてご覧なさいよ。文恵さまが大下に連れ去られて一年が経つんですよ。もし、大下の妻であることがお嫌だったら、あの御屋敷を逃げ出すでしょう。そりゃね、初めの内は大下を恐れて、屋敷から逃げ出せなかったかもしれませんよ。でもね、暮しが落ち着いて、大下だって二六時中《にろくじちゅう》、目を光らせているんじゃないんですから、その気になりゃ、逃げ出せたはずですよ。それがどうです。あの御屋敷、ご覧になったでしょう。きれいにされて。きっとね、大下一人の時には草ぼうぼうの荒れ放題の屋敷だったと思いますよ。それを文恵さまが、ご自分がお住まいになるのに、いいようにされたんですよ。大下の奥方に成り切っていらっしゃるんですって」

口達者な三次らしく、淀みない口調で捲くし立てた。

「それは……文恵殿は大下の奥方になり切ることで、ご自分を慰めておられたのだ。本来の文恵殿はそんなお方ではない」

もはや、川村にはある種の信仰心が宿っているようだ。

三次は説得するのを諦め、乾いた口調で問いかけた。

「それで、これからどうなさるんですか」

「向坂殿に連れ戻しをお願いしたのです」

目を血走らせ川村は訴えかけた。

「そりゃ、萬相談ですからね、勘さまもお引き受けなさるでしょうがね、たとえ、大下の御屋敷から連れ出すことができたとしましてもね、こう言っちゃあ悪いですが、文恵さまは川村さまの奥方にはならないと思いますよ。それでも、いいんですね」

三次は念押しをした。

「それでもよい」

搾り出すように川村は答えた。

「そのお言葉、忘れませんよ」

釘を刺す。

「武士に二言《にごん》はない」

優柔不断な川村とは程遠い言葉を、彼は発した。

「わかりました。では、手間賃は明日、決めることにしましょう」

三次は言った。

五

あくる日は朝から雨がそぼ降っていた。

離れ座敷の屋根を打つ雨音を聞きながら、川村が来る前に勘十郎と三次はどうするかで対応を話し合った。

この雨とあっては、川村以外の相談者はやって来そうにない。

「まったく、川村さんてお方は未練たらたらでいけませんよ。実に諦めが悪いっていいますかね、困ったお人ですよ」

「萬相談を謳《うた》っている以上、より好みはできんさ」

意外にも勘十郎は乗り気になっている。

「それで、芝にある大下の屋敷なんですがね、大勢のならず者がいるんですよ。ですからね、文恵さまを連れ出すには、そんな荒らくれ連中を退治する必要があります。まあ、勘さまなら何でもないでしょうが」

「それはいいではないか。益々、やる気になってきたぞ」

言葉通りに勘十郎はうれしそうだ。

「勘さまは、鑓で暴れたいだけなんじゃありませんか」

三次にからかわれ、

「だとしてもいいだろう。人助けなんだからな」

勘十郎は悪びれることなく言った。

「わかりました。それと、気になることがあるんですよ」

三次は笑みをこぼし、闇太閤一味の居場所を報せたら、奉行所から五十両の報奨金が出ると話し、

「居場所を報せただけで五十両ですよ。退治しようものなら、千両も夢じゃありませんぜ」

と、文机から算盤を手に取り、算盤珠をじゃらじゃらと鳴らした。

「探索は奉行所や紋吉たちに任せると申しただろう」

「そういやあ、紋吉、このところ顔を見せませんね」

「奉行所も褒美を出すということは、闇太閤の所在、摑めないのだろう」

「北町の蔵間さんが勘さまに野盗を束ねさせるって、おっしゃっていましたけど、どうなったんですかね」

「さあな。奉行所じゃ、報奨金目当ての密告の方が好都合なんじゃないか。居場所を摑み、奉行所だけじゃなく、御公儀が討伐の軍勢を催すのだろう」

「じゃあ、合戦《かっせん》になるじゃござんせんか。江戸が戦場になっちまう。大坂みたいに焼け野原となるんですかね」

三次は怖気を震《ふる》った。

「そうと決まったわけではない。闇太閤次第だ。闇太閤が噂に違《たが》わず、豊富に武器を備え、大勢の野盗どもを従えていたら、戦になるが、大きめの野盗に過ぎなかったなら、合戦ではなく大掛かりな捕物で収まる」

「場合によっちゃあ、向坂勘十郎一人で十分ってことになりますかね」

三次は算盤球を弾いた。

「勝手な算段はやめろ。おまえは、几帳面だが、金に目が眩《くら》む。それでは、しくじるぞ」

「おや、こりゃ、珍しく勘さまの小言でございますね。お言葉、身に沁みますよ」

などと、調子のいいことを言いながら懲りずに算盤珠を弾く。

そこへ、

「失礼します」

と、川村が階の下から声をかけてきた。

雨で川村の足音が消えていたようだ。川村は番傘を差し、雨中に立ち尽くしている。

「そんな所にいねえで、上がってくださいよ」

三次が声をかけると川村は番傘を閉じた。

「あっ、その格好……」

三次が目を丸くしたように、川村は額に鉢金を施し、襷がけをしていた。大下屋敷に乗り込んで文恵を連れ出す気に満ち溢れている。番傘を階に立てかけ、しっかりとした足取りで濡れ縁に座した。雨で濡れたため、座敷に入るのを遠慮しているようだ。

「こりゃ、川村さま、やる気満々ですね」

三次に声をかけられても、川村は口をへの字にしたまま返事をしない。

「川村さま、念押しをしますよ。文恵さまが川村さまのもとにお戻りになりたくないっておっしゃったら、諦めるんですよね」

ここでようやく、

「むろんでござる」

川村は静かにうなずいた。一見して強い意志を物語っているかのようだ。

「よし、ならば、早速と言いたいが……」

勘十郎は濡れ縁に出て雨空を見上げた。雨脚は弱まっている。

「昼には上がるだろう。雨が上がってから出かけるとするが、向こうは多人数だ。となると、夜討ちにするか」

勘十郎の提案に、

「夜ですと、文恵殿を見失う恐れがありますから、かえって昼間の方がいいですよ」

「その格好からして、貴殿も戦う気のようだな」

勘十郎が確かめると、

「むろんのこと」

川村はかっと目を見開いた。

しかし、武張った感じはせず、ひ弱さが引き立っている。

三次が、

「失礼ですが、川村さま、やっとうの心得はあるんですか」

と、刀を振る真似をした。

「多少は……」

川村は答えたものの、いかにも自信なさそうだ。気負いばかりが目に付き、とてもあてにはできない。

「わかった。雨が上がり次第、出かけるぞ」

引き受けたからには必ず文恵を連れ戻すと勘十郎は請け負った。

昼前に雨は上がった。とはいえ、鈍色《にびいろ》の空が広がり、じめじめとした風が吹いている。

陰うつな天気にあっても、勘十郎自慢の十文字鑓は曇天を貫かんばかりだ。磨き立てられた穂先が周囲を睥睨《へいげい》している。勘十郎は三次と川村を連れて芝の大下屋敷へ向かう前に、空き地の掘っ立て小屋を覗いた。

今日も大下は入り浸っていた。

「そうだ、直截《ちょくせつ》、大下に交渉したらどうだ。その方が手っ取り早いし、血も流れんぞ」

われながらよい考えだと勘十郎は川村に勧めた。

「それはいいですね」

すかさず、三次も賛同した。

優柔不断な川村ゆえ、答えを待っていると日が暮れてしまう。それを危惧したのか、川村の了承を得ず、

「ならば、行くぞ」

勘十郎は鑓を担いだまま掘っ立て小屋に入った。

大下は丼に並々とどぶろくを注《つ》ぎ、ぐびぐびと飲んでいた。大口を開けて縁台にあぐらをかいている様はとても旗本には見えない。

勘十郎は向かいに座って酒を頼んだ。勘十郎の右に三次、左に川村が座った。

大下は三次と川村に気づいた。

「なんだ、おまえら、昨日の二人じゃないか。今日は三人に増えているな。何をしに来たんだ」

酒焼けした赤ら顔で大下は問いかけてきた。

「文恵殿をな、連れ戻しにまいった」

勘十郎が答えた。

大下はおやっという顔になった。

すると川村が身を乗り出して、

「文恵殿を返してくだされ」

と、大きな声を出した。

「なんだ、藪から棒に」

意味がわからないというように大下は首を捻った。

「文恵殿は拙者の許婚であったのだ」

ここで、ひるんでなるものかとばかりに、川村は声を振り絞った。

「ほう、そうだったのか」

関心なさそうに大下は酒を飲み続けた。

「そうか、ではない」

川村は手で丼を払い除《の》けた。丼が土間に落ちて砕け、酒が大下の着物を汚した。

「貴様！」

縁台を立ち、大下は川村を睨み付けた。川村も腰を上げ、大下を見据えて、

「おまえ、文恵殿を辻捕りにし、無理に自分の妻にしたではないか。それでも、武士なのか」

声を限りに責め立てる。

「なんだと」

大下は目をむく。

「文恵殿はな、実にしとやかな貞淑な娘であったのだ。我が妻となるべく、花嫁修業に身を入れておられた。それをおまえのせいで、あのような悪女に……」

目に涙を溜めて川村は叫びたてた。

周囲の客たちが視線を向けてくるが、とばっちりを恐れてか早々に勘定を済ませ、忍び足で小屋を出てゆく。

「ああ……思い出したぞ。それでは、貴様が川村新五郎か。なるほど、おまえか……」

大下はしげしげと川村を見た。

「文恵殿に聞いた覚えがあるのだな」

「ああ、聞いたぞ。まこと、不愉快な男だとな。なるほど、文恵の申す通りの鬱陶《うっとう》しさだ」

大下は腹を抱えて笑った。

「嘘だ。よくも、そんな嘘を」

手をぶるぶると震わせて川村は怒鳴った。

「嘘ではない。それにな、辻捕りと貴様は申したが、文恵は望んでわしのところに来たのだ」

「嘘だ！」

川村は拳《こぶし》を震わせた。

「嘘だ、嘘だと、馬鹿の一つ覚えのように申すが、おまえは、文恵をわかっておらんのだ」

「なにを……」

「文恵はな、おまえが思っておるような女ではない。あ奴は……それはもう、わしでも手に余るような、奔放きわまる女だ。とても貞淑な武家の妻女ではない。むしろ、それとは程遠い女なのだ」

「それはおまえが悪女にさせたのだ」

信じられない、いや、川村は信じたくはないのだろう。

「まだわからんのか。文恵はな、暮らしが退屈きわまるためにだ、家を出たがっておった。このままでは、川村新五郎というまことにつまらない男に嫁がなければならない。息が詰まるような日々が待っている。そんな暮らしは真っ平だ。一度きりの生涯、楽しく送りたい。美味い物を食べ、酒を飲み、旅をし、芝居を見物したいのだと、まあ、そんな願いを持って、わしのところに来たのだ」

「そんな馬鹿な……」

川村は絶句し、よろよろと縁台に腰を下ろした。大下も縁台に腰を落ち着けた。がっくりとうなだれ、気力を失った川村に代わって、勘十郎が、

「文恵殿とは何処で知り合ったのだ」

「日本橋であったな」

日本橋の表通りを歩いた時、足を踏んだ踏まないという雑事で牢人たちと喧嘩沙汰になった。牢人たちは文恵にも言いがかりをつけていた。

「わしは、あいつを助けてやろうと思ったわけではない。むしゃくしゃとした気分を晴らそうと、暴れてやったのだ」

「あんたの暴れっぷりに、文恵殿は惚れたということか」

「ま、そんなところだろう」

大下は酒の代わりを頼んだ。

三次が、

「川村さん、どうします。川村さんが思っていらしたことと、随分と事情が違うよう

なんですがね」

「信じられない」

この期《ご》に及んでも川村は諦め切れない様子だ。

「信じたくはないだろうが、まことだ。もし、疑うのなら、文恵に訊けばよい」

大下は言った。

「そうしたらどうです」

三次も勧める。

「それは」

川村は躊躇《ためら》いを示した。

「なんだ、怖じ気づいたのか」

大下は冷笑を放った。

悔しそうに顔を真っ赤にし、川村は文恵に話を訊くことを受け入れた。

「ならば、屋敷へ戻るか」

大下は腰を上げようとした。

勘十郎も三次も、しょげ返っている川村を見ると、このままでは帰る気にならず、付き合うことにした。

六

大下の屋敷へとやって来た。

荒れくれ者たちが三次と川村を見て、おやっという顔になる。

「文恵」

大下が文恵を呼ばわった。

程なくして文恵がやって来た。

文恵は怪訝な顔で三人を見た。川村が、

「文恵殿」

と、呼びかけた。

文恵は能面のように無表情だ。

「文恵殿、拙者です。川村新五郎です」

川村は文恵の前に進み出た。

文恵はいかにも侮蔑《ぶべつ》するような目で見直した。

「拙者です。川村新五郎でござる。お忘れですか」

川村は真剣な面差しで訴えかけた。

「覚えているさ。あんた、相変わらずだね」

小馬鹿にしたように文恵は冷笑を浮かべた。

唖然として川村は見返す。

「相変わらず、鬱陶しいと言っているの。それで……何をしに来たの。ああ、あたしに戻って欲しいって、あたしに女房になって欲しいって、そう頼みに来たの」

文恵はけたけたと声を立てて笑った。

「文恵殿、嘘でござりましょう、それは芝居でござりましょう」

「芝居なんかじゃないに決まっているじゃないか」

文恵は冷笑を浮かべた。

「嘘と言ってくだされ」

すがるように川村は頼んだ。

「ほんと、相変わらずだね」

そっぽを向き文恵は舌打ちをした。

三次が、

「川村さん、わかったでしょう」

と、声をかけた。

「文恵殿、きっと、辛い目に遭ったのでしょうね」

川村はまだ未練がましく立ち尽くしていた。文恵は呆れ顔で近づき、

「あのね、あたしは、武家の暮らしがいい加減、いやになってしまったのよ。堅苦しい、儀礼と体面に満ちた暮らし、そんな暮らしから解き放って欲しかったの。解き放ってくれる人を待っていたのよ」

それは、大下の言葉を裏書きするものであった。

「川村さん、行きますよ」

三次に促され川村は力なくうなずいた。三次が、

「闇太閤の居場所を報せたら、奉行所から五十両出るんですよ。無頼の輩を食わせてゆくのは大変でしょう。一つ、どうですか。闇太閤の居場所を突き止めて、こちらの向坂勘十郎さまと退治に出かけませんか。向坂さまは戦国の世に生まれたら、鑓働きで一城の主にも成れたってお方ですからね」

と、勘十郎を売り込んだ。

「闇太閤なんかに興味はないさ」

文恵はすげなく返した。

「そう、おっしゃらず、お屋敷にたむろしている連中に掃除ばっかりさせねえで、閣太閤の居場所、当たらせてくださいよ」

「気が向いたらね」

文恵は母屋に戻っていった。

川村は拳を震わせ、この場から出て行った。

大下の屋敷を出て、

「川村さま、これで、諦めがつきましたね」

三次が声をかける。

「ええ、目が覚めました」

やっとのこと、川村は受け入れた。

「こんなことになりまして、申し訳ないような気がしますが、手間賃の方を頂きたいんですがね」

三次郎の申し出を、

「わかりました」

川村は明日、必ず、届けると約束をした。

川村と別れ、勘十郎と三次は銀杏屋への道を急いだ。のんびりしていると、また雨になりそうだ。

「なんだか、気の毒でしたね」

三次は言った。

「女はたくましいということだ」

勘十郎は達観《たっかん》めいたことを言った。

「おや、勘さまも何か思い当たる節《ふし》があるんですか」

三次は妙に鋭い指摘をした。

「いや、そんなことはないがな」

勘十郎は惚《とぼ》けた。

「川村さま、これからどうするんですかね」

「三公、心配なのか」

「ええ、あのお方、融通が利かない、堅物《かたぶつ》じゃござんせんか。これがきっかけになって、人を信じることができなくなって、自害でもなさらなきゃいいんですがね」

三次は首を吊る真似をした。自害するとして、ひ弱な川村には切腹はできまいと、言いたいようだ。

「まさか、死にはしないだろう」

「わかりませんよ。ああいうお人はですよ、思い込みが激しいんですからね」

「そうかもしれんがな。そうなったら、そうなった時だ。それよりも、闇太閤だな」

「勘さま、血が騒ぎますか」

「奮い立たぬのは武士ではない」

勘十郎は鑓をしごいた。

「よおし、あっしも精々、耳をそばだてますよ」

不意に、

「今夜、大下の屋敷に行ってみるか」

勘十郎は言った。

「ええっ、何かまだ用があるんですか」

「ごろつきどもを飼っておるのだ。何のために飼っておるのか……少なくとも、善行のためではあるまい」

「なるほど、きっと、悪さをしでかすでしょうね」

三次は手を叩いた。

その晩、勘十郎は十文字鑓を肩に担ぎ、三次を従えて大下の屋敷にやって来た。裏門から大下の屋敷に巣食う無頼の徒がぞろぞろと出て来る。柳の陰に勘十郎と三次は身を潜め、成り行きを見守った。

「いいかい、沢山《たくさん》、稼いできなよ」

屋敷の中から文恵の声が聞こえてくる。

「野盗、追剝《おいはぎ》、押込みでもやらかす気ですかね」

三次が言う。

「そんなところだろう」

勘十郎はにやっとした。

最後に大下が出たところで、無頼の徒は指図を受けるべく大下の言葉を待つ。

「街道を見張るぞ。品川宿に向かう商人どもの駕籠を狙うぞ。私服を肥やした商人どもが金に飽《あ》かせて品川で遊ぶつもりだ。品川まで金を持って行かせることはない。芝で奪い取り、身軽にしてやろうではないか」

大下に言われ、手下たちは勇み立つ。

大下、武士の風上《かざかみ》にも置けない見下げ果てた男だ。無頼の徒を束ね、追剝、野盗まがいの悪事を働くとは……。

こんな男を成敗しては、神君家康公拝領の十文字鑓が穢《すた》れる。

気が乗らなくなった勘十郎に対して、三次は目を生き生きと輝かせている。

目を輝かせているのは無頼の徒たちも同じで、各々の武器を手に、大下に従って街道へと向かった。

動こうとしない勘十郎の背中を三次が叩いて言った。

「勘さま、こりゃ、思わぬ大捕物《おおとりもの》になりそうですよ。奴らが狙いをつけたということは相手は相当な分限者ですよ。吉原じゃ、周りの目がある、品川なら、羽根を伸ばして思う様、遊べるってんで、たんまり金は持っていますぜ。それに、商人を人質にすりゃあ、もっと、金が引き出せるってもんだ」

「おまえの考え通りだろうよ」

浮かない声で返事をしても三次の興奮は治まらない。

「裕福な商人を助ければ、たんまり礼金をもらえますよ。それに、向坂勘十郎、萬相談所の名を挙げる好機ですよ」

「そうなろうがな」

またも生返事をする。

「あっ、いつかあっしが品川の町駕籠に乗って野盗どもを誘い出そうとした時、いつの間にか雲助どもに駕籠かきが代わって、その雲助も野盗に殺されたことがあったけど、あれも大下の手下の仕業じゃないですかね」

よし、仕返しすると三次は張り切った。

「仕方ないな」

神君家康公、祖父には申し訳ないが、追剝を見過ごしにもできないと、勘十郎は三次を伴って街道へ向かった。

すると、闇の中、断末魔の悲鳴が聞こえた。じきに、濃厚な鉄錆《てつさび》の臭いが鼻腔を刺激した。三次も、

「こりゃ、血の臭いですぜ」

と、怖気を震った。

街道に出ると、大下たちを大勢の侍が囲んでいる。勘十郎と三次は柳の陰に身を寄せ、事態を見守った。

侍たちは町奉行所の役人ではない。みな、額には鉢金を施し、襷掛け、野袴を穿き、ある者は大刀、ある者は鑓、そして弓を番《つが》えている侍もいた。

戦闘慣れしているようで、気を高ぶらせることなく、大下たちの動きを見定め、

着々と打ちとってゆく。

「こりゃ、あっしらの出番はござんせんね」

三次の言葉に勘十郎はうなずいた。

十文字鑓を穢さずほっとする反面、暴れられないもどかしさも感じた。

手下たちを次々と失い、いつしか大下一人となっていた。手下の屍《しかばね》が累々と横たわる中、侍たちに囲まれ、最早、逃れる術《すべ》はない。

それでも、全身に返り血を浴び、血刀《ちがたな》を振り翳す大下の姿は壮絶を極めていた。じりじりと間合いを詰める侍たちを不適な笑みを浮かべ睨みつけている。

そこへ、

「野盗ども、観念しろ！」

大音声と共に馬の蹄《ひづめ》の音、高らかに騎馬武者がやって来た。

騎馬武者は甲冑《かっちゅう》に身を固めていた。馬から降り、侍の一人から鑓を受け取る。

「闇太閤の手先め」

甲冑武者は大下に怒声を放った。

「おれは、闇太閤とは無関係だ。おれは直参旗本……」

大下が反論し終わらない内に、

「我は桑山伊勢守重房《くわやまいせのかみしげふさ》なり！　闇太閤の手先を成敗致す」

甲冑武者は叫び立てるや鑓を投げた。

鑓は夜風を切り裂き、大下の胸を刺し貫く。穂先が背中から飛び出し、大下の口からはどす黒い血が溢れ出た。

何事か言葉を発したようだが、口が動いただけであった。大下はどうと仰向けに倒れ、絶命した。

夜目に慣れた勘十郎の目には大下の最期の言葉が口の動きから、

「違う」

と、読み取れた。

自分は闇太閤の手先ではないと言いたかったのだろう。

「闇太閤の手先、成敗したり」

桑山重房一行は意気揚々と引き上げていった。

「桑山って、何者でしょうね」

三次は呟いた。

「奥羽喜多方藩《おううきたかた》十万石の当主だ」

勘十郎はぽつりと答えた。

大下たちが闇太閤の手先なのかどうかは不明であったが、野党、追剝の悪事を重ねていたことは事実とあって、桑山重房の大下一味成敗を幕府は賞賛した。

大下の妻となっていた文恵は行方を眩《くら》ましたということだ。さすがに、野盗の妻と成り果てた文恵を連れ戻したいとは、未練がましい川村新五郎も言わなくなった。

勘十郎は遠からず、桑山重房とまみえることになろうと予感した。

第四話　吹雪の闇太閤《やみたいこう》

一

霜月《しもつき》、めっきり寒くなった。

萬相談所はそれなりの評判を得るようになってきた。相談者が殺到とまではゆかないが、日に何人かが訪れる。商家に言いがかりをつけ、金品をたかりに来る無頼の徒を撃退して欲しい、旗本奴同士の喧嘩の仲裁依頼といった派手な相談事も持ち込まれれば、武芸好きの商人から鑓の指南を頼まれたこともあった。

ともかく、お里に家賃を支払い、勘十郎と三次の暮らしに困らない程度には繁盛している。

初霜が降りた三日の朝、北町の蔵間錦之助がやって来た。

「まあ、上がれ」

すっかり、お馴染みとなり勘十郎も抵抗なく錦之助を迎える。めっきり寒くなりましたな、と錦之助は白い息を吐きながら離れ座敷に上がってきた。

「どうした」

勘十郎が問いかけると、

「闇太閤が奉行所に挑戦状を送りつけてきたのですよ」

錦之助は言った。

三次が、

「へえ、そいつは大事《おおごと》ですね。で、どんなことを言ってきたんですか」

「今月の末、闇太閤が江戸中を火の海にすると書いて寄越したのです。おまけに、公《く》方《ぼう》さまの身柄までさらうなどと、物騒なことを綴《つづ》っておりました」

「そいつは、随分と大風呂敷を広げたもんですね。あれじゃないですか。闇太閤の居場所を報せた者には褒美に五十両を出すなんて、奉行所が高札を出したことへの意趣返しなんじゃないですか。どこまで本気だかわかりませんよ」

という三次の考えを、

「そうした面はあるかもしれぬが、闇太閤一味が江戸の治安を乱しておるのは事実。

奉行所が出す褒美のせいではない。非は闇太閤にあるのだ」

むっとして錦之助は返す。

「わかってますよ。それで、褒美の効き目はあったんですか」

「ガセネタばかりだ」

首を左右に振り、錦之助は小さくため息を吐いた。

「御奉行所もちゃんと探索をしていらっしゃるんですよね」

「もちろんだ。南北町奉行所、御公儀を挙げて闇太閤の探索に尽くしておるが、勘さまにも本腰で手伝って頂きたいのですよ」

「それは構わぬが、どうすればよい。おれと三公が江戸中を探索して回るわけにはいかないぞ」

「そりゃそうだ」

三次も勘十郎の言葉に応じた。

「わかっておりますよ。それでですね、一つ、考えたのです」

錦之助はこほんと空咳《からぜき》をした。

「なにか面白そうですね」

三次が興味深そうに身を乗り出した。

「勘さまに触れ回って頂くのです」

「なにをだ」

「闇太閤退治に名乗りを挙げてください。近日中に退治した者には報奨金千両が出ます」

「千両ですか」

三次が声を弾《はず》ませた。

自分の算段と合致し、捕らぬ狸の皮算用が現実のものとなると、喜びを溢れさせていた。

ここで錦之助は本題に入ることを示すように背筋をぴんと伸ばした。

「以前にも申しましたが、闇太閤を陰から支援する大名がおるのですよ。怪しいと目をつけている、お大名もおりますが、何分《なにぶん》にも相手がお大名とあって、手が出せないんです。それで、そのお大名なのですがね、仕官志願者を募集しておるのです」

「何処の大名だ」

「奥羽喜多方藩桑山伊勢守重房さまです」

「桑山家といえば、外様で十万石だな」

勘十郎は独り事のように呟いてから、三次を見た。三次は芝で行われた桑山重房らによる大下剛蔵一党成敗が思い出されたのだろう。目を大きく見開いたが、勘十郎に黙っていろと目で合図され素知らぬ態《てい》を装った。

しかし、あの晩、桑山重房は大下たちを闇太閤の手先だと断じて成敗したのである。

錦之助はうなずき、

「桑山さまのご先代重高《しげたか》さまは、豊臣家恩顧の大名、朝鮮征伐《ちょうせんせいばつ》で功を挙げられ、一国を加増されてもおかしくはなかったそうです。それが、関ヶ原の合戦で西軍に与《くみ》したばかりに、三十万石の領地を十万石に減封《げんぽう》された恨みがあります。大坂の陣には徳川方として参陣しましたが、重高さまは病とあって、豊臣の残党狩りには加わりませんでした。世間では仮病と噂したそうです。三年前に家督を継がれた重房さまは血気盛なお人柄だそうで、三十万石を十万石に減封された恨みを隠そうとはなさらないとか」

「だからといって、闇太閤を支援しているとは限らんぞ。それに、先月には芝で闇太閤の手先とみなした不良旗本一味を成敗したではないか。結局、大下が闇太閤の手先とする証《あかし》はなかったようだが……」

そういえば、文恵は行方が知れないままである。

「あれも、自分に闇太閤の疑いがかからぬようにと考えての行いかもしれませぬ。我らが桑山さまを疑いの目で見ますのは、近頃、盛んに牢人を召し抱えておられるからです」

「仕官志願者を募集しているとは聞いたが、そんなことで闇太閤を支援していると決めつけていいのか」

「桑山さまを探って欲しいのです。桑山さまは、江戸の治安を自ら進んで守るために家来を増やしておられると申されています。それが真《まこと》かどうか……」

「桑山重房を疑う根拠は豊臣恩顧の大名であること、桑山重房が戦国の気風を引きずる気性であること、更には牢人を多数雇っていることだな」

勘十郎が確認すると、

「左様でござります」

錦之助はうなずいた。

「わかった。引き受けよう」

と、勘十郎が引き受けるや、

「ええっと、手間賃ですが」

すかさず、三次が手間賃帳を取り出した。

錦之助はそれを見もせずに、

「まずは、これだけ、お支払い致します」

小判で五十両を畳に置いた。

「へへへ、こりゃありがてえ」

両手で押し頂くようにして三次が受け取った。

「桑山さまが闇太閤を支援しているとわかったなら、あと五十両を差し上げます」

錦之助は言い添えた。

「悪くありませんね。で、闇太閤を退治したら、千両は頂けるんですね」

三次は手をこすり合わせた。

「むろんのことです。ですが、いくら勘さまでも、お一人で闇太閤退治は無理でござりましょう。そこで、以前、お話ししました企てでござります」

錦之助の言葉に三次は強く反応した。

「勘さまが野盗を束ね、闇太閤を退治するってことですね」

「そうです。御公儀としましては、軍勢を催しての合戦は避けたい。そんなことをすれば、江戸城や江戸の町は焼け野原となってしまいますからな」

「でも、闇太閤一味が思ったより、大勢だったらどうするんですよ。何万とかだったら、捕物の粋を超えていますよ。御公儀だって合戦をお覚悟なさらねえと」

三次の危惧を、

「何万は大袈裟だと奉行所は見ております。精々、二、三百人がいいところだろうと。勘さま、よろしくお願いします」

錦之助は去ろうとしたが、

「待て、どうしても気になる。何故、闇太閤を支援する大名が桑山伊勢守だと目をつけたのだ」

勘十郎は錦之助を引き止め、何故奉行所が桑山を疑うかを蒸し返した。

「ですから、牢人を集めて……」

錦之助の言葉に三次もうなずき、

「減封の恨みもありますよね」

と、言い添える。

勘十郎は首を左右に振り、錦之助に向く。

「それは聞いた、しかし、それだけではないはずだ。もっと、大きな理由があるだろう。違うか」

「いや、それは……」

奥歯に物が挟まったような顔つきで、錦之助は口ごもった。

「いいから、申せ。肚《はら》を割ってくれないことには、思うさま、働けぬぞ。胸にわだかまりが残っていては、いい仕事はできないな。だから、本当のことを聞かせろ」

勘十郎は迫る。

ぽかんとしていた三次だったが、

「蔵間の旦那、おっしゃってくださいよ。あっしらと旦那の仲じゃござんせんか」

馴れ馴れしい言葉を悪びれもせずに言った。

錦之助は困ったような顔になった。三公がじゃまか。いかつい顔が困るさまは滑稽だ。

「誰にも話さぬ。おっと、三公がじゃまか。しかしな、こいつの耳にも入れておいた方がいい。その方が、おれは仕事がやりやすい。おれを気分よく働かせろよ」

「そうですよ。あっしは、口が堅いことでは定評がありますからね」

ぬけぬけと三次は自分の口を指差す。

こうまで言われては錦之助も肚を括《くく》ったようで、

「大目付向坂播磨守さまの探索でござります」

と、言った。

勘十郎は目を見開いた後、

「ほう、親父……あ、いや、元親父か」

三次が、

「向坂さまはそれはもう、敏腕と評判のようですね。何しろ、勘さまの元お父上ですからね」

錦之助はうなずき、

「向坂さまは江戸中の大名屋敷を探らせておられます。その中で……」

「桑山重房に目をつけたというわけか」

「左様です」

「で、おれを探索に使えと申したのも……」

「勘さまに桑山屋敷を探ってもらえとは、向坂さまが御奉行に頼まれたのです。やはり、播磨守さまは勘さまのことを信頼しておられるのですな」

「いや、親父殿はそんなに甘くはない。おれなら、使い捨てにできると踏んだのだろうさ。桑山屋敷に潜入するのは命懸けの役目だからな」

冷めた口調で言い、勘十郎は舌打ちをした。

「そう、うがった見方をするもんじゃございませんよ」

三次は宥めたが、

「三公は向坂播磨守を知らないから、そんなことを申すのだ。嫌な気分になったな。

親父の仕事を手助けする役目、しゃくだぞ」

「でも、半金を頂いてしまいましたよ」

掌に五十両を載せ、三次は勘十郎に示した。

「断りはせん。面白そうな役目だからな。親父殿が目をつけたということは、桑山重房が闇太閤と繋がっている確かな拠《よ》り所があるのだろう。向坂播磨守、仕事だけはできる男だ」

皮肉を込め、勘十郎は父親を誉めた。

錦之助は安堵の表情となった。

「さて、と。よくよく思案せねばならんぞ。おれに桑山を内偵させるだけではだめだ。闇太閤の狙いは何だ。何故、江戸を火の海にするなどと文を奉行所に寄越したのだ。このわけを考えるべきだぞ」

勘十郎は錦之助に言った。

三次も勘十郎に合わせ、

「そりゃそうだ、あっしもね、そのことが気になっていたんですよ。火の海にするんでしたらね、わざわざ宣言しなくたって、勝手にやればいいじゃないすか。蔵間の旦那、どう、お考えですか」

錦之助は渋面を作った。いかつい顔が際立つ。腕組みをして唸った後、

「闇太閤、江戸を火の海にすることを、わざわざ奉行所に知らせてきたということは、そこにも何かの企みがある……と、考えるべきです」

「やっと、町奉行所の同心らしいことを申したな。おれも同感だ。で、その企みとは……」

勘十郎が問う。

「御公儀の探索の目を江戸に向けるためかもしれません」

錦之助は答えた。

「何のためにですよ」

三次が問いかけると、

「江戸に御公儀、町奉行所の目を集め、真の狙いは別にあるのでは」

「錦之助、まさしくそれだ。では、まことの狙いとは何処だと考える」

勘十郎が返す。

三次が、

「わかった」

と、手を打った。

「なんだ」

錦之助が視線を向けると、

「大坂ですよ。ね、そうでしょう。闇太閤は大坂を取り戻したいんですよ」

三次は自信一杯に答えた。

「なるほど、大坂か」

錦之助も賛同したが、

「いや、おれは違うと思うぞ。大坂じゃ、あまりにも離れている。大坂に狙いがあるのなら、わざわざ江戸に御公儀の目を向けさせはしない。京都を焼くと思わせるのがよいではないか」

勘十郎の考えに、

「まさしく、その通りですよ」

錦之助は納得した。

「となると、何処ですよ」

自分の考えを否定されて、三次は気を悪くした。

「日光《にっこう》だ。日光東照宮《とうしょうぐう》ではないのか」

勘十郎は言った。

「なるほど、日光東照宮、つまり、神君家康公の墓を暴《あば》き、東照宮を焼き払う。喜多方藩は日光に近い。まさしく闇太閤が狙いをつけるにうってつけの場所です」

錦之助も日光東照宮に間違いないと断じた。

二

錦之助が帰ってから、

「おったまげましたね」

三次は驚きの声を出した。

「大坂落城の際、大坂の城と町を徳川勢は破壊し、焼き尽くした。そればかりか、太閤秀吉を祀る、豊国《とよくに》神社を徹底して壊した。秀吉を神とし祀り上げた豊臣家にとっては憎んでも余りある所業に違いない。報復としては、神君家康公の墓所である日光東照宮を焼くのがふさわしい。それこそが、豊臣家再興の狼煙《のろし》を上げることになるのだ」

「闇太閤、恐ろしいことを考えるもんですね」

「日光東照宮はな、立て籠もれば、砦《とりで》としても万全な備えができる」

勘十郎は言った。

「つくづく、怖い連中ですね」

三次は怖いと繰り返した。

「さて、なら、おれは桑山屋敷へ行くぞ」

勘十郎は十文字鑓を肩に担ぎ、離れ座敷を出た。


昼下がり、愛宕《あたご》大名小路にある喜多方藩桑山伊勢守重房の屋敷へとやって来た。往来の両側には大名屋敷が軒を連ね、寒風の吹き溜まりとなり、砂塵《さじん》が舞っていた。風は強いが、ぴんと伸びた茶筅髷は微動だにせず、十文字鑓の穂先は冬の陽光を弾いていた。

長屋門前には高札が掲げられ、仕官希望者を募る旨が書き記してあった。

「頼もう！」

勘十郎は冷たい風に逆らうかのような大音声を発した。番士は戦国武者然とした勘十郎をしげしげと見て、

「申し訳ございませぬが、裏門へお回りください」

「承知」

意気揚々と勘十郎は裏門へと回った。

裏門は開け放たれていた。

「御免」

十文字鑓を担いだまま勘十郎は屋敷の中へと入ってゆく。しばらく歩くと、細長い平屋建てがあった。道場のようだ。

その前に大勢の牢人が集まっている。仕官希望者であろう。牢人の傍らには裃《かみしも》に身を包んだ桑山家中の家来たちの姿があった。その中で歳若い男が、

「ええっと、貴殿は」

と、勘十郎に声をかけてきた。

「人の素性を聞く時は、自分から名乗るものだぞ」

勘十郎が言い返すと、

「これは失礼した。拙者、桑山家用人《ようにん》、真壁圭吾《まかべけいご》と申す」

「向坂勘十郎だ。よしなに」

勘十郎は挨拶を返した。

真壁はうなずくと、

「お集まりの方々に申し上げる。当家仕官に応募されたこと、感謝申し上げる。わが殿、伊勢守さまにあられては、昨今、江戸を騒がす闇太閤を退治せんと、方々《かたがた》の手助けを求めるものである。豊臣秀頼の遺児を騙《かた》り、悪逆の限りを尽くす闇太閤とその一党を放ってはおけぬ。方々、みなを召し抱えたいところだが、はっきり申せば、腕の立つご仁のみを求めたい。それは当然と思うが、方々にはご異存はございますまいな」

真壁の言葉に、

「異存あり」

勘十郎は手を上げた。

みなの視線が集まる。

真壁が、

「向坂殿と申されたか、異議とは何でござるか」

「こっちは腕を披露するのだ。そっちはこっちの腕に対して、どんな対価を支払ってくれるのだ。それを聞かない内は、腕の披露はできんな」

勘十郎の言葉にうなずく者が続出した。

「ごもっともなことですな。では、申し上げよう。本日、お集まりくだされた方々には漏れなく一両を進呈する。そして、召し抱えられた方々は五十石の禄でござる、と、申しても正式に当家の家臣と成って頂くには手続きが必要、闇太閤退治の後に桑山家の家臣と成って頂く。むろん、闇太閤を成敗の暁には格別な働きを見せた者は五十石に加増し、報奨金も差し上げる。尚、採用された方々は当屋敷内の武家長屋にて暮らして頂く。飯の支度は当家の女中どもが致す。そのため、女中どもを増やした」

牢人たちの間に、歓声と失望の声が入り混じった。要するに闇太閤が退治されるまでは、桑山家の家臣ではなく、牢人のままなのだ。それでも、仕官の道は開かれ、飲み食いの心配もないのだが……。

勘十郎はうなずくと、

「それで、何人を召し抱えるのだ」

「三十人でござる」

真壁は答えた。

牢人たちはざっと、二百人は超えている。

難関ではない。

「では、各々の技量を見せて頂こう」

真壁は二人一組を作らせ、各々、木剣を渡し、試合をさせた。

勘十郎は二人と対戦し、いずれも一太刀《ひとたち》で勝利し、難なく採用された。

採用された牢人たちは禄にありつける喜びを溢れさせていた。

その晩、みな道場の前の庭に輪となって座った。篝火《かがりび》が焚《た》かれ、酒と肴が振舞われた。薪の爆《は》ぜる音、炎の揺らめきが酒の酔いを引き立たせてくれる。

そこへ、

「伊勢守さまである」

真壁が伊勢守重房の到来を告げた。

牢人たちは威儀を正した。

「苦しゅうない。今宵は無礼講《ぶれいこう》じゃ」

重房は気さくに声をかけた。紺の胴着に身を包み、木刀を手にしている。大下を退治した時は甲冑姿で、兜《かぶと》に面貌《めんぼう》をしていたため、面差しはわからなかった。篝火に映える重房は頰骨が尖り、切れ長の目、薄い唇が酷薄《こくはく》さを湛《たた》えている。胴着の上からでもがっしりとした身体つきであるとわかる。

大下目がけて鑓を投げた様が思い出される。

根っからの武芸好き、そして、武芸を実践せずにはいられないようだ。

「みな、殿がこう仰《おお》せだ。飲み食いをしながら耳を傾けよ」

真壁は言った。

重房が、

「そなたらを召し抱え、うれしく思うぞ」

自らも茶碗に酒を注ぎ、ぐびりと飲んだ。じきに、猪の肉が焼かれる香ばしい香が漂ってきた。

「存分に食すがよい」

重房は上機嫌だ。

「今夜は存分に飲め。明日から、たっぷりと働いてもらうからな」

真壁が牢人の間を回り、一人一人に声をかけた。

やおら、勘十郎は立ち上がり、

「伊勢守さまにお訊きしたい」

慌てて真壁が駆け寄って来て、勘十郎を制そうとしたが、

「何なりと訊くがよい」

鷹揚に重房は返した。

勘十郎は眼前に立ち塞がる真壁を退《ど》かし、

「闇太閤、何処に潜んでおるとお考えですか」

「わからん。わからんゆえ、そなたらを召し抱え、江戸市中を探索するのだ。むろん、ただ市中を歩き回るのではない。闇太閤一味を釣り出す物を用意しておるぞ」

重房は言った。

「それは、いかなることですか」

勘十郎が問いを重ねると、

「控えよ。それは、まだ、申すことではない」

真壁が口を挟む。

「構わぬ」

またも重房は寛大に勘十郎の問いかけを受け入れた。

「真壁さんよ、殿さまがこのように仰せだぞ。話してくれてもいいだろう」

勘十郎は真壁に視線を向けた。

「囮《おとり》を使うのだ」

真壁は答えた。

これを引き取り、重房が説明を加えた。

「太閤から秀頼に伝わった黄金の太刀がある。それは秀頼にとっては、豊臣家の当主の証《あかし》、それを囮に使う。実はな、大坂の陣の際、父重高は密かに大坂城内に米や塩、味噌を運び入れた。一方、秀頼は落城寸前、豊臣家の様々な財宝を城外に持ち出させた。父への礼にと黄金の太刀を下賜されたのだ。闇太閤がまこと秀頼の遺児なら、あるいは偽りの遺児であっても、秀頼の太刀と聞いて無視はできまい」

　これを受け真壁が、

「その太刀は桑山屋敷内の神社に奉納されると、触れて回るのだ」

「なるほど、そういうことか」

　勘十郎は承知した。

　真壁は言い添えた。

「闇太閤本人でなくとも、闇太閤の一味を釣り出せばよい」

　牢人たちは勇んだ。

「闇太閤一味は、どれくらいの人数を抱えているのだろうな」

　勘十郎が尋ねると、

「千人もおろうか」

　真壁は答えた。

「江戸の町を焼き尽くすという文を奉行所に寄越したそうだが、それに対して用心はしなくてよいのか」

「向坂殿、貴殿は見かけによらず、生真面目なようだな」

真壁がからかいの言葉を投げてきた。

「真面目だぞ、出世と金にはな」

勘十郎は声を上げて笑った。

「気に入ったぞ」

重房に誉められ、勘十郎は一礼して酒をぐびりと飲み干す。

ここでけたたましい早鐘《はやがね》の音が聞こえた。

「火事か」

牢人たちが慌てふためいた。

周囲を見回す。物見櫓《ものみやぐら》があった。

すかさす、勘十郎は物見櫓に登った。暗闇に炎が立ち上っている。

「派手に燃えているぞ」

屋敷から北東の方向、半里ほど離れた武家屋敷が燃えていた。

「いずこかの大名屋敷だな」

勘十郎は大きな声で伝えた。

「闇太閤の仕業か」

　牢人たちが騒ぎ始めた。

　勘十郎は物見櫓を降りた。

「闇太閤、動き出したぞ」

　勘十郎の言葉に牢人たちは色めき立った。

「慌てるな」

　真壁は牢人たちを諫めた。

「闇太閤の一味は、まだまだ火付けを繰り返すかもしれんぞ」

　勘十郎が抗う。

　重房に命じられ、牢人たちは立ち上がった。

「よし、出動せよ」

　真壁が、

「きちんと隊列を組め」

　と、命じる。

「ゆくぞ」

　重房自らが陣頭で指揮を執るつもりのようだ。やはり、相当に血気盛んな殿さまらしい。

三

勘十郎は重房の指揮に従い、屋敷を飛び出した。重房一人は馬を駆っている。みな、各々の武器を手に従っている。

燃え盛る炎めがけて重房は近づいた。

数人の怪しげな男たちが火事となった屋敷から千両箱を運び出していた。

「捕らえよ」

重房は馬を下りた。

勘十郎が真っ先に十文字鑓を引っさげ悪党の群れに突っ込んだ。

鑓をぶん回し、敵を蹴散らす。

負けじと他の牢人たちも刀を振るう。

「殺すな、一人は生け捕りとせよ」

重房は命じた。

敵味方入り乱れての白兵戦《はくへいせん》とあって手加減するゆとりなどはなく、大勢の者たちが血の海に倒れた。それでも、どうにか一人を生け捕ったところで、勘十郎たち牢人組は屋敷に戻らされた。

重房は生け捕った者に根城《ねじろ》まで案内させた。

桑山屋敷へ戻ろうとしたら、背後で炎が立ち上った。どうやら、重房は野盗の根城を焼き払ったようだ。

重房は徹底して野盗を撲滅しようとしている。

明くる四日の夜から夜回りが始まった。

寒夜をものともせず、二人一組となって、江戸を巡回する。勘十郎は奥州《おうしゅう》牢人、吉田留吉《よしだとめきち》と組まされた。吉田は丸い顔に、鼻の黒子《ほくろ》が目立つ、人の好さそうな男である。

実際、吉田は、

「いやあ、向坂殿の鑓働き、お見事でござりますな」

などと、勘十郎を褒め上げた。

「吉田殿は、そもそも、闇太閤を退治せんとして、桑山家に仕官されたのであろう」

勘十郎の問いかけに、

「いや、正直なところ、そのような高邁《こうまい》な考えではござらん。拙者、妻子を養うために応募したのでござるよ」

まこと、あけすけに答えた。

「なるほど、それは立派なお心がけではござりませぬか」

「向坂殿はいかに」

「おれは、いわば、暇潰《ひまつぶ》しですな。特別、仕官しようなどとは思っておらぬが、闇太閤という悪党相手に存分に暴れまわりたいと思った次第でござる」

勘十郎が答えると吉田は感心したように勘十郎を見つめ、

「いやあ、貴殿、まこと、戦国武者を今の世に蘇《よみがえ》らせたようなお方ですな」

「時代遅れの男でござるよ」

勘十郎は声を放って笑った。

「ところで、闇太閤なる一味、まこと、江戸を火の海にするなどと考えておるのでしょうかな」

吉田は疑問を呈した。

「本気かどうかはわかりませぬが、闇太閤を名乗るからには単なる野盗の類《たぐい》ではないでしょうな」

「なるほど、やはり、御公儀、徳川に恨みを抱く者たちとお考えか」

「そう考えるべきと存じますぞ」

勘十郎は言った。

「豊臣家が滅んで二十年ですな。二十年を経ても、滅ぼされた恨みは消えませぬな」

「吉田殿はどちらのご家中《かちゅう》であられたのですか」

「御公儀に改易に処せられた御家でござった。正直、御公儀への恨みがないと申せば嘘になります。向坂殿も改易された御家に奉公しておられたのか」

「いや、御家は無事だが、御家を首になったのでござるよ。この気性ゆえ、上役に逆らって、すっかり嫌われましてな」

勘十郎は頭を掻いた。

「戦国の世であれば、向坂殿なれば、いくらでも仕官の口がかかり、大禄《たいろく》で召し抱えられたことでしょうな」

吉田の口調には惜むと同時に宥めも入り混じっている。親身になってくれているようで、この人の好い男を欺いたことに、勘十郎は気が差した。

「戦国の世であったなら、おれのような男は五万とおりましょうからな」

「いや、向坂殿はやはり、戦国の世にあっても豪傑で通りましょうぞ」

やたらと吉田は勘十郎を持ち上げる。

すると、

「実は、頼みがござる」

と、改まった様子で頼んできた。

「何でござる」

「拙者、腕には自信はござらぬ」

「しかし、採用の試合では見事に勝ち進んだではござらんか」

「あれは木剣《ぼっけん》であったからです。真剣を手に斬り合うなどというと、たちまちにしてびびってしまうのでござる。及び腰となってしまうのでござるよ」

吉田は言った。

「しかし、剣というものは人を斬るために修練を積むのだぞ。何のために修練を積んだのだ」

励ましの気持ちを込め勘十郎は言ったのだが、

「それができぬのです」

かえって吉田を萎縮させることになってしまった。

「しかし、いずれ刃《やいば》を交わさねばならなくなるのだ」

勘十郎の言葉に吉田は力なくうなずいた。

四

夜回りを続け、桑山重房が所蔵する太閤秀吉所縁《ゆかり》の黄金の太刀の評判が高まった。

霜月十日を迎え、黄金の太刀を桑山屋敷内の神社に奉納するのだと、重房は召し抱えた牢人たちに振れ回らせた。闇太閤が何らかの動きを示すだろうというのが重房の狙いだ。

勘十郎たちはいつものように、夜回りのため武家長屋を出た。夜空を分厚い雲が覆い、風は湿っぽい。程なくして雨が降りそうだ。しかも、風が強まり、木々の枝を激しく揺らしていた。

すると、

「向坂氏《うじ》」

と、吉田に呼ばれた。

「すまぬが、今日はお一人で願いたい」

顔をしかめ吉田は懇願した。

「いかがされた」

「ちょっと、腹の具合が……」

手で腹をさすり吉田は言った。

さては、臆病風《おくびょうかぜ》に吹かれているのだなと思ったが、

「承知した」

と、自分一人で夜回りをすると桑山屋敷から出た。この頃になると、雇われた牢人たちは緊張が解《ほぐ》れ、私語を交わしている。重房も真壁も今日は夜回りに加わっていないことから、お気楽な物見遊山の雰囲気すら漂っている。

夜陰に紛れ、勘十郎はそっと隊列から抜け出した。

屋敷に戻ると、冷たい雨が首筋に落ちてきた。黄金の太刀の奉納、いかにも何か起きそうだ。

屋敷内に設けられた神社へと向かう。

庭の一角に鳥居が見えた。

周囲を玉垣《たまがき》が巡った境内には篝火が焚かれている。そして、篝火に浮かぶ社殿は荘厳な雰囲気を醸し出していた。

鳥居から社殿までは石畳が伸びている。石畳の両側には重臣たちが床机《しょうぎ》を据えて、神妙な顔で控えていた。雨脚が強まり、石畳を打つ。

篝火が届かない闇に勘十郎は身を溶け込ませた。雨中、息を殺して成り行きを見守る。やがて、笙《しょう》の音色が響き渡った。更なる緊張の糸が張られた。

夜空に雷鳴が轟いた。

稲妻が走り、社殿が不気味に浮かび上がる。

暴風が吹き、篝火が大きく歪む。

季節外れの嵐だ。床机に座り、重臣たちはじっと堪えていた。

すると、泥を跳ね上げながら真壁がやって来た。大声で、今日の奉納は中止だと告げた。

それはそうだ。

こんな嵐とあっては、奉納どころか儀式など執り行えるはずはない。中止とわかり、重臣たちは一斉に、境内から立ち去った。

勘十郎は雨中に佇むこともなく、長屋へと戻ろうとしたところに、裏門近くに蠢《うごめ》く者たちがいる。

その中に、紋吉の姿もあった。

勘十郎は紋吉の袖を掴む。

「何しやがる！」

紋吉は怒声を返した。

「おい、おれだよ」

勘十郎は声をかけた。

「ええっ、ああ、勘さま」

紋吉は雨で打たれた顔を向けてきた。

「おまえ、何をやっているんだ」

「勘さまこそ」

「ま、いいや、ともかく、こんな所じゃなんだ。おれの家で話そう」

勘十郎は言った。

「家っていいますと」

紋吉は戸惑ったが、勘十郎はさっさと駆け出した。

長屋に入る。

二人は濡れた着物を脱ぎ、更衣にかけると、下帯《したおび》一つになった。寒さひとしおである。火鉢に当たりながら、紋吉は盛大にくしゃみをした。

白湯《さゆ》を飲んで身体を温めたところで、

「一緒にいた、目つきの悪い連中、手下ばかりじゃないな。野盗仲間か」

勘十郎の無遠慮な問いかけに、

「そうなんですよ」

紋吉は言った。

「野盗仲間をこぞって、ここで何をやっていたんだ」

「そら、闇太閤の探索ですよ」

「どうして、ここに探索に来たのだ」

「それがですよ、こちらの桑山さまこそが闇太閤だって噂があっしら野盗の間で広まりましてね。闇太閤の居所を報せると御奉行所から五十両の褒美が出ますんでね」

「それで、闇太閤を探しに来たというわけだな」

「そういうこって。勘さまは、どうしてここに」

「おれもな、桑山家が闇太閤を支援していると耳にして、桑山家の仕官志望者志願に応じてやって来たわけだ」

「探索ですか」

「そういうことだな」

「すると、やっぱり、桑山さまが闇太閤と繋がっているんですかね」

「まだ、決め付けられんがな」

「ひょっとして、支援をしているだけじゃなくって、桑山こそが、闇太閤なんじゃないかって、そう睨んでいるんですがね。それで、今日、太閤所縁の黄金の太刀の奉納の儀式があるじゃないですか。それで、そこに闇太閤もしくは闇太閤に繋がる証があるんじゃねえかって、探索にやって来たんですよ」

「大勢でか」

「ええ。何しろですよ、桑山さまの方も大勢の牢人を召し抱えて、野盗狩りをやっているってんでね、数を頼みにしようということになったんですよ」

紋吉は言った。

「そういうことか」

勘十郎は顎を掻いた。

「勘さま、どうなんですかね。桑山さまはやっぱり、闇太閤なんですかね」

「桑山の言い分は、自分こそが闇太閤を炙《あぶ》り出してやると、つまり、太閤所縁の黄金の太刀を餌に闇太閤をおびき寄せるという企《くわだ》てだったんだがな」

それが、嵐によって、桑山の企ても野盗側の探索もうまくいかなくなったということだ。

「この嵐が吉と出るか凶と出るかだな。ともかくだ、後日、奉納の儀式は行われる」

勘十郎は言った。

すると、泥を跳ねる足音と話し声が近づいて来た。

「夜回りの連中が戻って来たぞ」

「なら、これで失礼します」

紋吉は慌てて着物を取り、雨の中を飛び出して行った。

隣の長屋を覗いた。

吉田が寝ていた。

「吉田氏」

勘十郎が声をかけると、吉田は半身を起こした。勘十郎が下帯一つとなっていることに気づき、

「嵐の中、見回り、ご苦労でしたな」

「いや、おれは早めに切り上げて来たんでな。具合はどうだ」

「まあ、何とか……と申したいのだが、実はその」

吉田は照れ笑いをした。

「仮病か」

勘十郎が笑いかけると、

「申し訳ござらん」

吉田は頭を掻いた。

「怖くなったのか」

「どうも、真剣というものはいけません」

吉田は自分の刀を勘十郎に見せた。

抜くと、竹光《たけみつ》である。

「情けない有様です」

吉田はふさぎ込んだ。

「人を斬ること、斬られること、双方が苦手なのか」

「血を見ると、目が眩んでしまうのです」

吉田は身をすくめた。

「無理してここにいることはあるまい。暮らしのためとはいえ、武芸好きの殿さまの家来で暮らしてゆくのは大変だぞ」

「よくわかっております」

吉田は苦渋の表情となった。

「ともかく、このままここにおっては悪いことに巻き込まれると思うぞ」

「闇太閤に絡んだ、動きがありますか」

「報奨金に目が眩んだ野盗ども、闇太閤退治の功を立てようとしている桑山伊勢守重房、双方の間で血の雨が降る」

「そうなりますな」

「その時、貴殿のために、巻き添えを食って犠牲となる者が出るかもしれんのでな」

勘十郎は言った。

「わかりました」

吉田は明日にも出て行くと言った。

「いや、余計なことを申した。もし、吉田氏《うじ》が真剣で立ち向かえる気を取り戻してくれたのなら、引き続き留まられよ」

勘十郎は気が差して言い繕《つくろ》ってしまった。

「いや、そうも参りませぬ。あ、そうじゃ」

吉田は部屋の隅に行き、徳利を持って来た。

「別れの宴です」

吉田に言われ、勘十郎も付き合うことにした。

「そうですな」

「向坂氏、いける口なのでしょう」

「嫌いじゃないな」

勘十郎はこの人の好い男と別れ難い気持ちになった。

吉田は美味そうに酒を飲み続けた。

「明日の朝、神社を拝んでから出て行きます」

肚を決め、吉田の表情は和《やわ》らいだ。

五

あくる十一日の朝、勘十郎は只ならぬ雰囲気に目を覚ました。

屋敷の中が騒がしい。

同部屋の男に訊くと、神社の方で騒ぎがあったそうだ。

胸騒ぎがした。

長屋を飛び出し、神社に向かった。

嵐が去った朝とあって、清々《すがすが》しいほどの青空だが、風は冷たい。

鳥居を潜ると、人だかりがした。真壁がいる。雨水を含んだ木々が朝日に輝いていた。

「どうしたのだ」

勘十郎が問いかけると、

「不届き者を成敗したのだ」

真壁は言った。

「まさか、吉田氏か」

勘十郎が問いかけると、

「そうだ。吉田留吉、不届きな男であった」

真壁は吐き捨てた。

「退いてくれ」

勘十郎は桑山家の侍たちを突き飛ばし、境内を進んだ。すると、社殿の前に吉田がうつ伏せに倒れている。

吉田は背中を斬られていた。勘十郎の側《そば》に真壁がやって来た。

「どうしたのだ」

むっとして勘十郎は問い質《ただ》した。

「こやつ、社殿の中にある財宝を盗み出そうとしおったのだ」

真壁は卑怯極まる奴だと言葉を尽くして批難した。

「まさか、そのようなことがあるはずない」

勘十郎が庇い立てると、

「いや、こいつは盗っ人だ。それが、証拠に、背中を斬られておろう。逃げ出した証だ」

「貴殿が斬ったのか」

「そうだ」

「その時のことを聞かせてくれ」

「どうしてだ。この者に義理立てをするのか」

真壁は探るような目を向けてきた。

「吉田氏はな、おれと一緒に夜回りをしていたのだ」

「そうであったか。ならば、逆に問いたい。吉田に不審な点はなかったのか」

「吉田氏は妻子を養うために無理をしておったな」

吉田が血を見るのが苦手で真剣を持てず、竹光を所持していたことを語った。次いで、吉田の大刀を検める。

「これだ」

と、竹光であると示した。

真壁は薄笑いを浮かべた。

「吉田氏は、桑山家を逐電《ちくでん》しようとした。それはおれが勧めによる」

「逐電を勧めたのか」

真壁は不審を募らせた。

「ここに留まっておれば、いずれ桑山家と野盗の争いに加わることになる。そうなれば、真剣を使えない貴殿は足手まといになる、とな」

「それはそうだが、つくづく情けない奴であるのは、逐電する際にこの神社の財宝を盗み出そうとしたことだ」

真壁は繰り返した。

「信じられぬな」

勘十郎は首を左右に振った。

「それは、そなたの勝手だ」

真壁は冷笑を浮かべた。

「亡骸《なきがら》はどうするのだ」

「遺族に引き取らせる。そうだ、向坂殿、遺族に報せに行ってくれ」

真壁はこれは好都合だと言い添えた。勘十郎が引き受けるものと決め込んでいる。

「そっちで行けばよいではないか」

「夜回りを一緒にやっておったのだろう」

真壁は皮肉たっぷりに言うと、吉田が届けていた住まいを勘十郎に伝えた。


ともかく、勘十郎は吉田の遺族を訪ねることにした。

吉田の神田明神下の長屋を訪ねたのだが、それらしい家族は住んでいない。おかしなことだと、十分に探したのだが、やはり、見つけられなかった。

素性を偽って、桑山家の仕官に応募したということか。


その頃、三次は萬相談所で自分でできる相談事を受けていた。三次のことだから、手荒い相談は無理とあって、溝《どぶ》さらいの手伝い、掃除の手伝い、荷車押し、といった、相談事というよりは、手伝い仕事ばかりである。それでも、愛想よく一人でもお得意を増やそうと奮闘していた。

そこへ、向坂家用人、蜂谷柿右衛門がやって来た。

「あ、これは、渋柿……いや、これは蜂谷さま」

三次は愛想よく声をかけてから、さあ、どうぞお上がりくださいと導いた。

「三助、若はお留守か」

柿右衛門はずかずかと離れ座敷に上がった。

「あの、三助じゃなくて三次というんですよ。会津の三次です」

「わかった。それより、茶をくれ」

「ただ今」

「それと、菓子もな、三助」

柿右衛門に急かされ、三次なんだと内心で訂正しながら、茶と蓬《よもぎ》団子を用意した。

「どうぞ」

差し出した茶と蓬団子を美味そうに食べる顔は、真っ白な眉毛が下がり、まことに好々爺然《こうこうやぜん》とした老侍なのだが、

「この茶、温《ぬる》いぞ」

などと文句をたらたらと並べる、まことに口うるさい爺さんである。

「それで、若はどちらへ行かれた」

柿右衛門の問いかけに、

「ええ、ちょいと」

などと三次が曖昧に言葉を濁すが、それが通じる相手ではなく、

「だから、どこだと訊いておるのだ」

こう頭ごなしに言われると腹が立つが、そこはぐっと堪えて、

「ちょいと、萬相談事にですね、出かけていらっしゃるんですよ」

「何処までだ」

「ええっと、芝方面ですね」

「桑山伊勢守さまの御屋敷か」

柿右衛門にずばり指摘され、

「よ、よくご存じで」

三次は言葉を詰まらせた。

「そうか……」

柿右衛門は小さくため息を吐いた。

「どうしたんですか」

三次の問いかけに柿右衛門は一旦《いったん》は口を閉ざしたものの、

「若が志願したのではなかろう」

「そりゃ、萬相談の一つとして引き受けたんですけどね」

「相談者は誰だ」

「そりゃ、申し上げられませんよ。相談者のことをべらべらしゃべったんでは、こっちの信用に関わりますからね」

「そうか、それもそうだな。おまえが、言いたくなければそれでよい。おそらくは町奉行所からであろう」

柿右衛門は言った。

三次は返事ができないでいる。

そこへ、

「三公、何か食わせろ」

勘十郎が帰って来た。

「ああ、こりゃ、勘さま、いいところへ」

三次が立ち上がると、

「若、邪魔しておりますぞ」

柿右衛門も相好《そうごう》を崩した。

「なんだ、爺、おれは戻らんと申したはずだぞ」

「ですから、連れ戻しに来たわけではござりません」

柿右衛門が返事をしたところで、

「三公、何か食う物はないか」

「なら、握り飯でもこさえますよ」

三次は柿右衛門の来訪がただならぬもののような気がして、いい具合に席を外《はず》す名目にもなると銀杏屋の台所へと向かった。家賃を払っているため、台所の使用は了解してもらっている。

「どうしたのだ」

「若、桑山屋敷へ潜入しておられるのですな」

「ああ、萬相談事でな」

すかさず柿右衛門が、

「桑山さまが闇太閤本人あるいは闇太閤に深く関わっていると、探索をなさっておられるのですな」

「そういうことだ」

勘十郎は言った。

「探索の結果、いかがでしたか」

「わからん。桑山は自分こそが闇太閤一味を征伐すると息巻いておる。町奉行所は桑山こそが闇太閤もしくは闇太閤一味だと狙いをつけておる。その辺のところを見極めなければならんのだがな」

「おやめになった方がよろしいと思います」

柿右衛門らしからぬ乾いた口調で諫めた。

「やめる気はない。前金の五十両はもらってしまったしな。それより、どうして止めるのだ」

「危ないからです」

「それは承知の上だ」

「若、ちと気楽に考えておられるのではございませぬか」

「気楽とは思っておらん。探索は確かに見つかれば命はないかもしれん。だがな、そんなどじは踏まん」

勘十郎はからからと笑った。

「若、そう甘いものではござらん」

「爺、心配し過ぎではないのか」

「闇太閤、まさしく闇が深うございますからな」

柿右衛門は渋面を作った。

渋柿のような顔になった。


柿右衛門が帰り、勘十郎はすっきりとしない胸を抱きながら、離れ座敷で握り飯にかぶりついた。三次が、

「蜂谷さま、何しにいらしたんですか」

「口うるさい爺だからな、おれのやることが危なっかしくて仕方がないのだろう」

「闇太閤の探索ですものね」

三次は自分にも何かできることはないかと申し出た。

「そうだな……二つ気になることがある」

勘十郎は言った。

「二つっていいますと」

三次は興味を示した。

「桑山屋敷で共に召し抱えられた者にな、吉田何某というご仁がおった。おったと申したのは今朝、盗みを働いたと疑われ、桑山家の家臣に成敗されたのだ」

吉田が斬られた経緯を勘十郎は語り、吉田の遺族を訪ねたことを話した。

「ところが、吉田が桑山家に届けておった住まいに遺族はおらなかった。そもそも、吉田某などと申す牢人は存在しておらなんだ」

「吉田って牢人さんは、素性を偽っていたってことですね。どうして偽ったのでしょうね。素性によっては桑山家への仕官に差し障りがあるんでしょうか。たとえば、ご自身や親父さんの代には豊臣家に仕えていたとか」

「仕官の条件はあくまで腕だ。素性は関わりがない。素性を偽らなければならないとしたら、三公が言うように豊臣家の牢人、いや、単なる豊臣家の牢人ではなく、闇太閤配下の者……」

言いながら自分の考えに自信がもてず、勘十郎は言葉尻が濁る。

「どうしたんですか、勘さまらしくないですよ、迷っていなさるようで」

勘十郎は苦笑を漏らし、

「どうも、考えが定まらぬ。闇太閤の手先だったとしたら、桑山家に召し抱えられたのはおれと同じく、桑山家を探るのが目的であったはず。北町の蔵間によると、奉行所も大目付の向坂播磨守も桑山こそが闇太閤自身か闇太閤を支援する大名だとみなしている。吉田何某が闇太閤の手先なら桑山家を探る必要はない」

「なるほど、そういうことになりますね。するってえと、吉田さんは探る目的で桑山家に仕官したんじゃないってことになりますね」

三次は首を捻る。

「いや、そうではない。吉田は探索目的で桑山家に仕官したのだ。つまり、闇太閤の手先ではなく、御公儀の手先、親父の間者《かんじゃ》ではなかったのか」

「大目付さまの……」

「十中、八九間違いあるまい」

三次とやり取りをする内に勘十郎は考えが定まった。父、向坂播磨守は吉田に限らず、幾人かの密偵を桑山家に潜入させているのであろう。

「勘さま、二つっておっしゃいましたね。あと一つは何です」

「文恵だ。文恵、行方知れずのままだろう」

「そういやあ、そうですね。実家に戻ってはいないでしょうし、ましてや川村さまのところへなんか、行かないでしょう。ご実家にしても川村さまの御家にしましても、あんな野盗の仲間になった、いや、束ねていた文恵さまを迎え入れるはずありませんからね」

となると、と三次は腕を組み、

「ひょっとして、ご自害なさったんじゃありませんか」

「まさか」

「いや、わかりませんよ。文恵さまはね、野盗まがいの連中を顎で遣っていたような女傑ですよ。誇り高いお方なんです。奉行所の追っ手がかかり、捕まるくらいだったらお武家さま同様、切腹をなさるんじゃありませんか」

「女の腹切りなんぞ聞いたことがないぞ」

「切腹はないとしましても、懐剣《かいけん》で胸を刺し貫くとか、海に飛び込むとか」

「想像に想像を重ねたところで仕方がないな。三公、文恵の行方を探れ。おっと、これに手間賃は発生せんぞ」

勘十郎がにやっとすると、

「わかりましたよ」

三次は引き受けた。

桑山屋敷に戻り、真壁に届けられていた吉田の住まいに遺族はおらず、吉田という牢人も存在しなかったことを伝えた。

真壁は驚きを示さず、

「やはりな」

「やはりなとは、貴殿、吉田を怪しいと睨んでおったようだな」

「奴は当家の財宝目当てに当家に仕官した……あるいは、当家を探りに来た密偵だ」

「誰の密偵だ」

「闇太閤であろう」

「果たして、そうかな」

勘十郎は真壁を睨み据えた。

「では、誰が放ったと申す。御公儀か……たとえば、大目付向坂播磨守あたりかな。そういえば、向坂殿は向坂播磨守殿のお身内かな」

真壁は勘十郎を睨み返す。

勘十郎は一瞬の躊躇いもなく、

「今は身内ではない。いかにも、おれは向坂播磨守の倅としてこの世に生を受けた。しかし、親父とは反《そ》りが合わず、勘当された身だ。だから、牢人であるのはまことだ。貴殿、おれが親父の命《めい》を受けた密偵だと疑っておるのか」

「たとえ、向坂播磨守殿の密偵としても、当家に不審な点はない。御公儀への邪心などはない。わが殿が闇太閤退治の陣頭に立っておられることは、播磨守殿もよくおわかりのはずだからな。かりに、貴殿が密偵であったとしても、播磨守殿の慎重さゆえの所業であろう」

「どういうことだ」

「播磨守殿は用意周到に事を進めるお方と聞く。桑山家が闇太閤退治を手抜かりなく行っておるのか、実態を知りたいに違いない。桑山家任せにはできぬのだ」

「おれを通じて、桑山家が口だけではなくまこと闇太閤退治を行っておるのか、確かめるというのだな」

「さよう。貴殿、播磨守殿から聞いておるのかどうかはわからぬが、播磨守殿は闇太閤退治の支援措置として、御公儀の金蔵から千両を当家に用立ててくださった。公金が間違いなく使われておるのか、それを確かめようとなさっても、不思議はあるまい」

「親父らしいな」

　勘十郎は苦笑した。

「貴殿、お父上に報告せよ。桑山家は闇太閤退治、怠りなく行っておるとな」

「だから、おれは勘当されたのだ」

勘十郎は強く言うと、長屋に入って行った。

六

三日が経った。

夜回りが続けられ、連夜に亘《わた》り、野盗狩りが実施された。しかし、闇太閤の一味と思われる野盗は見つからない。

そんな中、豊臣秀頼伝来の黄金の太刀が屋敷内の神社に奉納されることになった。夜八つに奉納の儀式が執り行われる。どんよりとした分厚い雲が空を覆っている。身を切るような風が吹きすさび、いつ雪が降ってもおかしくはない。

そんな雪催《もよ》いの朝、三次が訪ねて来た。

勘十郎は裏門脇にある番小屋で三次と会った。中間、小者たちに勘十郎は小遣いをやり、酒でも飲んでこいと言って、番小屋から出て行かせた。

勘十郎と三次だけになったところで、

「文恵さまですけどね、焼け死んだんじゃないかってこってしたよ」

お気の毒なことですよ、三次は言い添えた。

「詳しく申せ」

「桑山さまが大下さまと配下のみなさんを成敗なすってから、大下さまの御屋敷に乗り込まれたそうなんですよ」

不意の乱入者に、いかに文恵が女傑といえど、大勢の武士相手では抗するべくもない。

「捕らえられるくらいなら、と、火を放ってしまわれたのだとか」

大下屋敷は灰燼《かいじん》に帰したのだった。

「文恵の亡骸は見つかったのか」

「油を撒《ま》いたそうですよ。ずいぶんと火が盛んだったそうで、文恵さまも髪の毛一本残さずに灰になってしまったんじゃねえかって、ほら、勘さまも行った、掘っ立て小屋の酒場の主が言ってましたよ」

三次は文恵の冥福を祈って、手を合わせた。

「火を放ったのは果たして文恵かな」

「って言いやすと」

「桑山は野盗退治をすると必ず、野盗の根城を燃やすのだ」

「じゃあ、火をつけたのは文恵さまじゃなくて、桑山さまだったんですね。火をつけたのが文恵さまだろうと桑山さまだろうと、どっちにしても、文恵さまは焼け死んでしまわれたんですよ」

気の毒なことになったのだと三次は繰り返した。

その晩、勘十郎は仮病を使って夜回りには参加せず、神社近くの植え込みに潜んだ。

昼を過ぎると雪が降り出し、夕方には一面の雪化粧となった。夜になり、降りやんだものの、膝まで積もった雪を踏みしめ、牢人組は夜回りに出た。

篝火が焚かれ、真綿のような雪に覆われた境内では、前回同様、石畳の両側には床机を据えて重臣たちが控えている。

程なくして、黄金の太刀、奉納の儀式が始まるようだ。果たして、ぞろぞろと男たちが雪を蹴散らして入って来た。神聖な奉納の儀式には不似合いな目つきの悪い男たちだ。紋吉がいることで野盗だとわかる。黄金の太刀、奉納の儀式に集められたのだろう。

真壁がやって来た。

「今宵は特別にその方らを黄金の太刀奉納の儀式に招いた。これは、他ならぬ、今後益々の働きを期待してのことだ」

　真壁の言葉に野盗たちは歓声を上げた。

　すると、

「日光へ行きましょうぞ」

　篝火が届かない闇から不穏な声がした。

「何だと」

　真壁は戸惑う。

「日光へ行き、徳川家康の墓を暴き、徳川家の財宝を奪おうぞ。国許の兵と合わせれば、それもできる」

　闇の声は凄まじい勢いであった。野盗たちがいきり立つ。

「馬鹿なことを申すな」

　真壁は宥めにかかり、家臣たちが野盗を囲んだ。積雪を踏み鳴らし、真壁も野盗たちの間を巡回し、日光東照宮襲撃などはせぬと言って回る。しかし、野盗たちは納まらない。よほど興奮しているようだ。

　勘十郎はそっと紋吉に近づき、

「ちょっと、こい」

と、植込みに引っ張り込んだ。

「こりゃ、勘さま、それにしても冷えますよ」

紋吉は懐手になって頭を下げる。白い息が流れ消える。

「勘さまじゃない。なんだ、この騒ぎは。日光東照宮を襲うとはどういうことだ」

勘十郎の問いかけに、

「いや、あっしも驚いているんですよ」

「言い出したのは誰だ」

「知らない野郎です。あっしの手下じゃござんせんや。あっしら、闇太閤一味と思《おぼ》しき野盗たちの根城を垂れ込めば桑山さまから褒美が貰えるってんで、桑山さまに従っているだけで。御奉行所より沢山頂けるんですよ。それで、あっしらの垂れ込みが功を奏したなんて誉めて頂きましてね、特別に奉納の儀式に呼ばれたんですよ」

紋吉は早口に言った。

「まこと、ありがたい儀式に出られるだけでやって来たのか、おい」

「そ、そうですよ」

「本当のことを言え」

勘十郎は拳を振り上げた。

紋吉は両手で自分の頭を守りながら、

「働きに応じて、褒美を頂けるんですよ」

「褒美なら貰っているじゃないか」

「それに加えてですよ」

「桑山家、景気がいいのだな」

親父からの支援金千両を野盗に施してやろうというのか。桑山重房、見かけによらず温情篤き殿さまなのであろうか。

「あの、社殿の中にたんまりお宝があるそうです」

下卑《げび》た笑い声を立て、紋吉は社殿を見た。

そういえば、吉田も桑山家の財宝を狙って社殿を覗いていたそうだ。

「なら、あっしはこれで」

紋吉は仲間に合流した。

勘十郎は植え込みの陰から身を乗り出した。騒ぎを聞きつけた家臣たちが松明を掲げ、やって来る。松明に勘十郎は照らされた。

真壁と視線が交わり、

「向坂……」

真壁は唇を噛み、家臣たちに勘十郎を捕らえるよう命じた。十文字鑓は長屋に置いたままだ。

家臣たちに刃を向けられ、

「何やら、騒いでおったので、気になってな、見に来たのだ。日光東照宮を襲撃するとは、野盗ども、ずいぶんと威勢がいいではないか」

快活に答えると、

「酔った野盗が気が大きくなって放言したのだ。それより、貴殿、こんな所で何をやっておるのだ」

「今日はあいにく腹を下《くだ》してな。夜回りには出ず、長屋で寝ておったのだ」

「そうか、どうも、怪しいな」

真鍋が不審がると家来が紋吉の襟首を摑んで引き立てて来た。勘十郎はそっぽを向いた。しかし、

「この野盗と向坂が親しげに言葉を交わしておりました」

と、家来は真壁に報告した。

「野盗、おまえ、向坂を知っておるのか」

真壁が鋭い声で問い質す。

「いえ、勘さまのことなんぞ、知りませんよ」

慌てて紋吉は否定したものの、

「勘さまだと」

真壁の疑問を裏付けることとなり、

「そうか……向坂、貴様」

真壁は家臣たちに勘十郎を捕らえさせ、社殿の裏にある土蔵へ連れて行けと命じた。

紋吉は家臣たちに闇の中に引きずられていった。


土蔵に放り込まれたうえ、勘十郎は脇差を奪われた。

「向坂、おまえ、向坂播磨守の命《めい》を受け、当家を探っておった。探った目的は公金千両を支援しただけの働きをしておるか、見張ると思ったがそうではあるまい。おまえ、野盗を煽《あお》りたて、桑山家が御公儀に叛旗《はんき》を翻《ひるがえ》すよう仕向けたいのだな」

「言いがかりだ。おれはな、申したとおり、向坂家を勘当になった身だぞ。嘘だと思うのなら向坂家に問い合わせてみろ」

勘十郎はあぐらをかき、腕を組んだ。

「白《しら》を切るか」

真壁は刀を抜き、切っ先を勘十郎に向けた。

「信じられぬのなら、斬れ」

勘十郎は真壁を睨み上げた。

「覚悟はできておるようだな。ならば、成仏せよ」

真壁は大刀を振り被った。

天窓から差し込む月光が、刀身をほの白く煌《きら》めかせた。

勘十郎は唇を引き結び、身動《みじろ》ぎもしない。

大きく呼吸をしてから、真壁は大刀を頭上高く持ち上げた。

と、その時、引き戸を激しく叩く音がした。真壁の動きが止まる。天窓から大勢の足音が近づいてきた。

「真壁殿、いらしてください」

戸が叩かれ続け、家来の切迫した叫びが聞こえる、
真鍋は大刀を鞘に納め、引き戸を開けた。家来が耳元で囁く。真壁はわかったとうなずき、

「しばし、命を預けておく」

と、言葉を投げ、蔵を出た。直後に南京錠が掛けられる音がした。

勘十郎は立ち上がり、引き戸に身を寄せると淡い期待を抱きながら横に引いた。しかし、期待も虚しくびくともしない。

「甘くはないな」

呟きながら土蔵を見回した。

米俵が積んである。米蔵のようだ。

天窓から脱出しようか。壁際に積まれた米俵を上れば窓に取り付けそうだが、いかんせん窓が小さ過ぎる。ならば、真壁が戻って来たところを不意打ちに仕留めるか。

「そうだ、そうしよう」

思案が固まると勘十郎は床に寝そべった。

真壁を呼びに来た家臣たちの様子からして大事が出来《しゅったい》したようである。実際、以前にも増して騒がしくなった。

すると、

「なんだ……」

天窓から松明が投げ込まれた。たちまち火が米俵に燃え移る。煙と炎が立ち上った。

勘十郎は引き戸に駆け寄り、

「おい、ここを開けろ！」

拳で戸を叩きながら大声を発した。

しかし、声は誰にも届かないのか、それどころではないのか、戸が開けられる気配すらない。さすがの勘十郎も焦りが募る。

煙が勘十郎を取り巻き、炎は天井を焦がした。

床を這い蹲《つくば》り、床下の穴蔵に繋がる戸はないかと目を凝らした。しかし、戸らしきものはない。

「なんだ、おい。床下に穴蔵を設けておらんのか」

勘十郎は憤った。

怒っても、事態が好転するわけはなく、火勢は増すばかり、煙で激しくむせてしまった。

大きな音と共に梁《はり》が焼け落ちてきた。

勘十郎は横転し、かろうじて避けたものの火の粉が袖に飛び散った。火の粉を払い除け立ち上がる。

「けっ、向坂勘十郎、米蔵で焼け死ぬか。どうせなら、いい女に懸想《けそう》して焦がれ死にしたかったぞ」

失笑すると好美の顔が浮かんだ。

「違う、違う」

すぐに首を横に振る。

ここで、引き戸が開いた。女が南京錠と鍵を持って立っている。

地獄に仏かと戸を見た。

「あんた……」

女は文恵だった。あ然と見返す勘十郎を、

「早くしないと、焼け死ぬわよ」

文恵が急かし、勘十郎は表に出た。

七

燃え落ちる土蔵から離れ、

「あんた、どうしてここへ……あ、そうか、大下剛蔵の仇を討とうということだな」

勘十郎が問いかけると文恵は首肯《しゅこう》し、女中としてこの屋敷に入り込んだと言った。

「桑山伊勢守、ひどい奴だ」

文恵は怒りの形相となった。

炎に揺らめく文恵は復讐の鬼、紅蓮《ぐれん》の炎にも負けない憤怒の炎を立ち上らせていた。

「亭主を殺された憎しみはおれにもわかるよ」

勘十郎が理解を示すと、

「それだけじゃないのさ」

やおら、文恵は勘十郎の手首を摑み、駆け出した。

「何処へ行く」

戸惑い気味に問いかけると、

「いいから」

文恵に導かれるまま、急ぎ足で社殿の側《そば》にやって来た。

境内は桑山家の家臣たちと野盗、それに夜回りから戻った牢人たちが入り乱れての刃傷沙汰になっていた。

「夜回り連中、戻りが早いな」

「夜回りの中に向坂播磨守の密偵が紛れていたようだよ。奴ら、桑山伊勢守に日光東照宮を襲うって罪を着せ、桑山を捕らえようとしているんだ。それより、この中を見なさいよ」

文恵は社殿の裏側に巡る、濡れ縁に上った。勘十郎も続く。夜陰に紛れ、勘十郎と文恵は観音扉まで行くと、文恵が押し開いた。

「こりゃ、凄いな」

中には千両箱が山と積んであり、高価そうな陶磁器、掛け軸、刀剣が整然と並べられている。

「みんな野盗どもから奪い取ったんだ。桑山は闇太閤一味を成敗するという大儀を掲げ、その実、野盗の上前《うわまえ》を跳ねていたんだよ。大下や配下の者たちを成敗してから、うちに押し入り、大下たちが蓄えた金品を根こそぎ奪っていった。その上で火を付けたのよ。あたしは、井戸の影に隠れて命だけは助かった」

「ひでえな。じゃあ、桑山たちは大下に限らず、成敗した野盗どもの根城から奴らが奪った財宝を運び出し、それを隠滅するために火をかけていたということか」

勘十郎も歯軋《はぎし》りした。

「断じて許せませぬ」

文恵は濡れ縁に立った。

再び雪が降り出した。

篝火と松明が闘争の様を浮かび上がらせている。大勢の人間が入り乱れ、雪と泥が斑模様を作っていた。それでも、桑山はすぐにわかった。鳥居の下で鎧、兜に身を固め、弓を引いている。

「文恵さん、あんたは、この中に入っていろ。おれが必ず、仇を討たせる」

有無を言わさず勘十郎は文恵を社殿の中に押し込んだ。階を下り、石畳に立つ。

ともかく、武器を求めようと境内に転がる侍に近づいた。

と、

「勘さま」

三次が駆けつけた。

神君家康公下賜の十文字鑓を担いでいる。

「でかした」

勘十郎は鑓を受け取り、桑山に近づく。桑山は振り返った。面頰から覗く両目がぎらりと輝いた。

「向坂勘十郎、見参！　桑山伊勢守、覚悟せよ」

勘十郎は頭上で鑓を振り回した。

「たわけが、食らえ」

重房は弓に矢を番《つが》え、勘十郎目掛けて放った。

一直線に飛来した矢を勘十郎は鑓で難なく払い落とす。

「やるな」

重房は面頰を取り去った。

根っから戦を好む野獣のような顔で勘十郎を睨むや、次々と矢を放ってきた。

降りしきる雪の中、勘十郎は鐺を振り回し、全ての矢を叩き落とした。

「覚悟しろ！」

大音声と共に勘十郎は鐺を頭上に掲げ、重房に向かう。

そこへ、真壁が家臣たちを引き連れてやって来た。彼らは重房を守るため重房の前に壁を作った。

真壁が進み出る。

真壁は大刀で立ち向かってきた。勘十郎は鐺の石突を地べたに刺し、横たわる侍の大刀を拾い、正眼《せいがん》に構えた。

それを見て真壁はにやっとし、

「でえい！」

と、裂帛《れっぱく》の気合いと共に突きを繰り出した。

勘十郎は正眼の構えから大刀を振り下ろした。

と、次の瞬間、真壁は大刀を引いた。勘十郎の刃が空《くう》を切る。

そこへ真鍋の刃が襲ってきた。

素早く勘十郎は体勢を整えようとしたが、雪で滑り、よろめいてしまった。

それが功を奏し、今度は真壁の大刀が勘十郎からわずかにそれた。真壁も前につんのめる。勘十郎も真壁も息が上がった。

風雪に包まれながら、勘十郎と真壁は対峙した。真壁の隙を見極めようと目を凝らすが、吹き付ける雪が邪魔をする。吹雪の中、真壁の姿がおぼろに霞んだ。

こちらから仕掛けるのは得策ではない。

勘十郎は真壁を誘うように大刀を下段に構え直した。

真壁も動かない。

寒中にもかかわらず全身が汗ばんできた。ところが、身体は温まるどころか、動きを止めたため雪と風にさらされ、凍えるようだ。手もかじかみ、疲労がどっと押し寄せる。

早く決着をつけねば。

勘十郎は右足を一歩前に踏み出した。

が、白雪に足を滑らせ、よろける。

その隙を見逃さす、真壁は雪と泥を蹴散らし、間合いを詰めてきた。

勘十郎は地べたを転がり、雪を蹴上げる。

真壁は仰《の》け反《ぞ》った。

立ち上がり様《ざま》、勘十郎は下段から大刀をすり上げた。

真壁の胴から鮮血が飛び散る。

真壁は前のめりに倒れ伏した。

息を整える間もなく、敵が襲いかかってくる。勘十郎は大刀を敵に投げつけ、敵がひるんだ隙に地べたに刺した十文字鑓を取った。

間髪《かんはつ》容《い》れず、押し寄せる敵の顔面を殴り、脛《すね》を払った。

すると、

「向坂、やるのう。誉めてつかわすぞ」

重房の声が響いた。

勘十郎は鑓を構え、重房に迫る。

重房の前に家来たちがやって来た。みな、鉄砲を持っている。

「惜しい武人だが、ここらであの世に送ってやる。いくら、鑓の名手でも鉄砲には敵《かな》うまい」

重房はけたたましい笑い声を上げた。

銃口が勘十郎に向けられる。

勘十郎は十文字鑓を頭上でくるくると回転させた。

強がっては見せたものの、矢は落とせるが銃弾となると不可能だ。

敵の狙いが外れるのを祈るしかない。

と、目の端《はし》に三次が映った。

三次は身軽な動きで松の木を上ってゆく。ましらのような身のこなしは、軽業師であったのが嘘ではないと物語っていた。あっと言う間に枝に跨《また》がる。葉や枝には雪が積もっている。

三次は枝を大きく揺らした。雪が鉄砲を構える敵に降りかかった。敵は驚き銃口が上や横を向き、引き金がひかれた。

「でかした、三公」

勘十郎は敵に突進し、鑓を振るう。三次は松の枝から雪の塊を投げ落とした。浮き足だった敵は地べたを這いずり回る。

「おのれ」

重房が太刀を振りかざし、勘十郎に向かってきた。勘十郎は鑓で太刀を払い除けた。太刀は宙を飛び、松の幹に突き刺さる。

躊躇《ためら》うことなく勘十郎は鑓を突き出した。

重房は右に避け、両手で鑓の柄を摑んだ。

素早く、勘十郎は鑓を引く。しかし、重房の力は思いの外に強く柄から離れない。

それどころか、鑓を奪い取ろうとした。

勘十郎と重房は綱引きのように鑓を引き合った。勘十郎も重房も汗を滴《したた》らせ、全身から湯気を立ち上らせている。

「お遊びはこれまでだ」

勘十郎は腰を落とし、渾身《こんしん》の力を込めて鑓を持ち上げた。柄を握ったままの重房の身体も地べたを離れた。

勘十郎は社殿に向かって走り、

「文恵殿、仇を討て！　どおりゃあ！」

雄叫びを上げて、釣り竿の針のように重房を投げた。

重房の身体は弧を描き社殿の観音扉をぶち破った。

直後、

「桑山重房、夫の仇、覚悟！」

文恵の甲走った声がし、重房の悲鳴が上がった。

勘十郎は社殿に歩み寄った。

文恵は濡れ縁に立った。握り締めた懐剣が血に染まっている。文恵の背後に重房が見えた。首から大量の血を流し、両目をかっと見開いて床に倒れていた。

「お見事」

勘十郎が仇討ち成就を誉めると文恵はにっこり微笑むや懐剣を逆手に握り、自らの胸を突いた。

師走となり、銀杏屋の離れ座敷で勘十郎と三次は熱燗で飲んでいた。障子を閉じ、火鉢に当たりながら闇太閤騒動について語り合う。

「結局、闇太閤って、いたんですか、いなかったんですか」

三次の問いかけに、

「いなかったんだよ」

迷いもなく勘十郎は言った。

「ってことは……」

腕を組み、三次は首を捻った。

「おそらくは向坂播磨守がでっち上げたのだ。目的は、豊臣恩顧の大名、喜多方藩十万石、桑山伊勢守を潰すためにな。親父は桑山こそ、闇太閤だという噂を流し、一方で桑山には身の潔白を立てるため闇太閤退治を勧めた、支援金千両を出してな」

「じゃあ、桑山さまは勘さまのお父上に乗せられたのですか」

「乗せられたふりをした。桑山は闇太閤退治などやる気はなく、闇太閤退治を名目に野盗の上前《うわまえ》を撥《は》ね、財宝を奪っていったんだ。親父殿は、自分の目論見《もくろみ》が外れ、桑山を闇太閤に仕立てるため、配下の者を野盗や牢人として潜入させて、日光東照宮を襲う企てをぶち上げさせたのだ」

「なんだか、騙しあいですね」

「親父はそういう男、策士、策に溺れる、の典型だな。親父はおれが桑山退治の指揮を執ったことにしたかったようだ。それで、野盗を束ねるなどという役目を奉行所を通じて持ちかけたのだ」

「勘さまを思ってのことなんじゃないですか」

「自分の手柄とするためだ。真っ平御免、おれは桑山を退治などしていない。文恵が仇討ちしたのだ」

勘十郎は猪口《ちょこ》の酒を飲み干した。

「文恵さま、さすがは女傑でしたね」

三次も盛んに感心する。

「酒の代わりだ。こう寒くちゃ、酒で身体を温めないとな」

勘十郎に言われ、三次は酒の代わりを取りに物置小屋に向かった。障子が開き、寒風と共に雪景色が目に飛び込んできた。

銀杏の葉に降り積もった雪がどさっと落ちた。障子を閉じようと思ったが、

「雪見酒を楽しむか」

勘十郎は濡れ縁にあぐらをかいた。

次はどんな相談事が持ち込まれるのだろう。冬日に輝く白雪を眺めながら、勘十郎は期待に胸を疼《うず》かせた。

二見時代小説文庫

勘十郎《かんじゅうろう》まかり通《とお》る　闇太閤《やみたいこう》の野望《やぼう》

著者　早見《はやみ》　俊《しゅん》

発行所　株式会社　二見書房
東京都千代田区神田三崎町二-一八-一一
電話　〇三-三五一五-二三一一［営業］
〇三-三五一五-二三一三［編集］
振替　〇〇一七〇-四-二六三九

印刷　株式会社　堀内印刷所
製本　株式会社　村上製本所

落丁・乱丁本はお取り替えいたします。
定価は、カバーに表示してあります。

 ISBN978-4-576-19190-4
https://www.futami.co.jp/

早見俊

居眠り同心 影御用

シリーズ

完結

閑職に飛ばされた凄腕の元筆頭同心「居眠り番」蔵間源之助に舞い降りる影御用とは…!?

①居眠り同心 影御用 源之助人助け帖
②朝顔の姫
③与力の娘
④犬侍の嫁
⑤草笛が啼《な》く
⑥同心の妹
⑦殿さまの貌《かお》
⑧信念の人
⑨惑いの剣
⑩青嵐《せいらん》を斬る
⑪風神狩り
⑫嵐の予兆
⑬七福神斬り
⑭名門斬り
⑮闇の狐狩り

⑯悪手《あくしゅ》斬り
⑰無法許さじ
⑱十万石を蹴る
⑲闇への誘い
⑳流麗の刺客
㉑虚構斬り
㉒春風の軍師
㉓炎剣《えんけん》が奔《はし》る
㉔野望の埋火《うずみび》（上）
㉕野望の埋火（下）
㉖幻の赦免船
㉗双面の旗本
㉘逢魔の天狗
㉙正邪の武士道
㉚恩讐の香炉

早見 俊

目安番こって牛征史郎

シリーズ

完結

①憤怒の剣
②誓いの酒
③虚飾の舞
④雷剣の都
⑤父子の剣

九代将軍家重を後見していた八代将軍吉宗が没するや、家重の弟を担ぐ一派が暗躍しはじめた。家重の側近・大岡忠光は、直参旗本千石、花輪家の次男坊・征史郎に「目安番」という密命を与え、家重を守らんとする。六尺三十貫の巨軀に優しい目の快男児・征史郎の胸のすくような大活躍!!

二見時代小説文庫